飘逸的思绪

于智 编译

北方文艺出版社

我心里感到一阵酸楚，有一阵难以抑制的痛涌上心头。这是我以前从未体会到的痛楚。可是，我只能装作一副满不在乎的样子，对她说："现在可以走了吧？"

——《克里斯的日记》

我不记得那天的天气是怎样的——
这似乎是乏味的、无关紧要的 **细节**。
但我要说的是,**那一天** 在我眼里是不幸和痛苦的,
是我一生中最黑暗的日子——我永远 **失去** 了可爱的妹妹。

——《圣诞节前八天》

我这才**醒悟**过来,卡门先生把这把珍贵的琴送给了我!我激动不已,用**颤抖**的手轻轻摩挲着那华贵的琴身,半天只**憋出**一句话:"难道这是真的吗?"

——《一把小提琴》

妻子 *生病* 后不但将全部的生活压力都压在他一个人身上，而且妻子生病后的性格似乎也发生了变化，她总是无缘无故的大发 *脾气*，再也不像以前那样温柔了，他感到非常苦闷，决定考虑和妻子 *分手*。

——《不离不弃》

contents
目录

❋ 快乐的理由

全新的感受 / 2
快乐的理由 / 4
一次意外的转变 / 7
田鼠还是鱼鹰 / 9
重新开始 / 11
心存感激 / 12
资格 / 13
街角的老人 / 15
他们说…… / 18
把32个街口当成4个 / 21
福特让位 / 24
小角色大演员 / 26
试着回头看看 / 28

❋ 飘逸的思绪

自然死亡 / 30
千镜之屋 / 31
寻找圣人 / 32
创造力 / 33
种子法则 / 34
信任 / 36
拥有小甜饼 / 37
春的沉思 / 39
我们在旅途中 / 41
一分钟与一小时 / 43

✿ 梦想的脚步

一个特别的新生 / 46
一切源于梦想 / 48
最高期望 / 49
蝴蝶梦 / 51
一篇标记为"F"的作文 / 53
我被辞退了18次 / 55
种橡树的老人 / 57
替唱歌手 / 58
鼻癌与梦想 / 60
成为自己的圣人 / 62

✿ 浓浓的情意

我可以叫你妈妈吗 / 66
追忆姐姐 / 69
跟我跳舞吧 / 72
圣诞节前八天 / 74
承担或者放弃 / 78
最后一支舞 / 81
歌唱的奇迹 / 83
一件旧大衣 / 85
父亲的忏悔 / 87
礼物 / 89
一把小提琴 / 91
一张唱片 / 94
祝你生日快乐 / 97
养子 / 100

✿ 品格的力量

来自天堂的感动 / 104
亚瑟王和女巫 / 106
无私的树 / 108
永远感谢 / 110
金色腕带 / 112
妈妈的信 / 118
一把空椅子 / 121
无价的传家宝 / 123

✿ 关爱的小舟

最重要的部位 / 126
只需一秒钟 / 128
用心聆听 / 130
站在树下的男孩儿 / 132
黄色曲别针 / 135
葛莱斯彼先生 / 137
最好的礼物 / 139
"古怪"的玛丽 / 142
爱的奇迹 / 147
眼中的爱 / 148

✹ 情爱的甜蜜

维系婚姻的是什么 / 150
照片中的记忆 / 152
无条件的爱 / 154
爱的约定 / 156
不离不弃 / 158
爱如断臂 / 160
未实现的约会 / 162
桌布的秘密 / 164
克里斯的日记 / 165
幸运的礼服 / 169
短暂的30天 / 172

✹ 努力就会成功

亮出你的名字 / 176
相信你自己 / 178
错过了机会 / 181
我能做到 / 183
一个盲人的雄心壮志 / 185
一支断箭 / 187
挑战自我 / 189
没有什么是注定的 / 192
隐藏的伤疤 / 194
勇敢者的游戏 / 196

一个人是不是开心,与所遇的事情并非没有关系,但关键在于你的心情。如果你有份好心情,那么你就会找到让你开心的理由;如果你有份坏心情,那么无论你遇到什么事情,都会让你感到不开心。

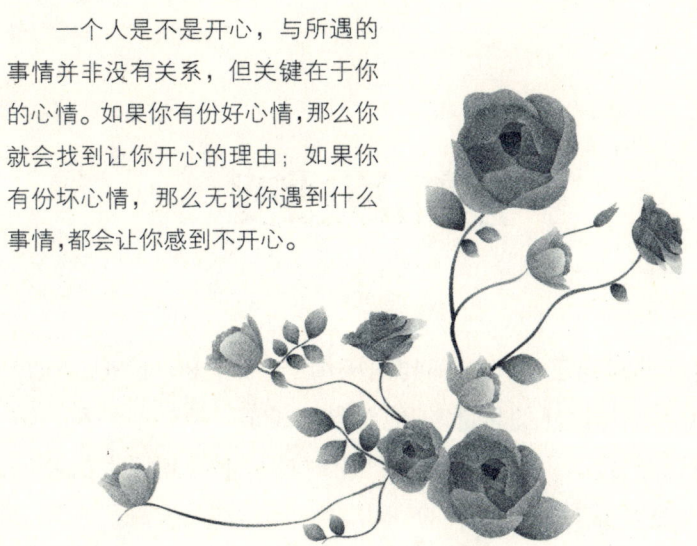

快乐的理由

- 全新的感受
- 快乐的理由
- 一次意外的转变
- 田鼠还是鱼鹰
- 重新开始
- 心存感激
- 资格
- 街角的老人
- 他们说……
- 把32个街口当成4个
- 福特让位
- 小角色大演员
- 试着回头看看

全新的感受

辛迪突然对自己的工作感到很厌烦,天天上班、下班,一切都机械麻木。"我不想过这样的生活。"他对自己说道。他想换一种心情,可是始终找不到好方法。旅游,虽然在外出时精神上得到极大的放松,但是回来呢?还是要面对死气沉沉的一切。换一个城市,换一份工作,可是哪一座高速运转的城市不是这样的呢?

这天,好友卡尔从布勒维市来看望他,当卡尔得知他的情况后,只是拍着他的肩头说:"今天我带你去一个地方,我想你一定会获得一些东西的。"由于对好友的信任,辛迪跟着卡尔上了车。

很不巧,那天的天气阴沉沉的,让人觉得有些闷热,心情也变得烦躁。在路上,辛迪忍不住问卡尔到底带他到什么地方。卡尔笑着说出了两个字——鱼市。一想到鱼市里的腥臭味,辛迪真想打退堂鼓,但是话已经说出,他又不好意思再改口,于是便希望一会儿能早些离开鱼市。

"你瞧,我们到了。"卡尔热情地介绍着,"这就是那个鱼市。"

辛迪觉得很奇怪,明明是鱼市,怎么没有扑鼻而来的腥臭味,怎么没有嘈杂的喧闹声,他听见的只有鱼贩们欢快的笑声。他看见他们一个个笑容满面,就像合作默契的棒球队员一样,把冰鱼当棒球一样在空中飞来飞去,大家还互相喊着"啊,8只螃蟹飞到休斯顿","5只三文鱼飞到西雅图"。

一句句简单的话语中似乎都充满无尽的欢乐和喜悦。

辛迪惊讶地看着这些人,他问一个快乐的鱼贩:"你们在这样的环

境下工作,怎么还会这么高兴呢?"

鱼贩发出了爽朗的笑声:"这个问题尽管我已经回答过无数次,但是我还是愿意告诉你。以前,我们这里是一个毫无生气的地方,充满令人讨厌的气味,各种各样的噪声,大家除了抱怨似乎想不到好办法来解决。直到有一天我们意识到,与其牢骚满腹地工作,倒不如改变工作的方式,改变我们的心态。于是,大家努力把卖鱼这份工作看成是一种艺术,让它在每一个环节上都充满新奇的创意与乐趣。就这样,我们的笑声渐渐多了,心情也越来越好。而大家在卖鱼时练就的绝活,现在绝不次于马戏团里的演员。"鱼贩说着拿起一尾鱼,灵巧地抛给对面的小伙子,他接着说:"我们这种工作气氛还影响到了在这周围上班的人,他们总会拿着午饭来和我们一起进餐,说这样能让他们有更好的心情工作。还有一些无法提升员工工作热情的主管,专门跑到这里来打听,问我们在这种充满鱼腥味的地方,为什么还能保持如此快乐的心情?其实,是我们对生活的误解才会产生那么多不快乐。生活并没有亏待我们,而是我们对生活报有的期望过高,以至于忽略了生活的本色,这就像你出海捕鱼,一心只想着在最短的时间内捕到最多的鱼,却忽视了在等待时可以自在地享受海风的时间。"

辛迪听了鱼贩的话,心中的烦闷彻底消失了。在接鱼游戏开始时,他破例参加了这个带有鱼腥味的活动,并且在热情的掌声中接了一次又一次。当他和卡尔离开鱼市时,带回的不只是几条鱼,更有对生活的一种全新感受。

生活不是缺少美,而是缺少发现美的眼睛。同样,生活是不是充满乐趣,全在于你是否能体会,是否愿意体会。请相信生活本身就应该是一种享受。

快乐的理由

"露西,快点儿,你要迟到了。"

"汤姆,别再和你的小鸟说话了。"

"吉米,快把午餐盒放到包里,我们就要出发了。"

玛丽催促着孩子们,他们再耽误下去,就会真的迟到了。这时最小的莎莉走了过来:"妈妈,我什么时候可以和他们一起上学呢?"

玛丽还没有回答,吉米抢着说:"你这个小家伙根本就长不大了,别想和我们一起上学。再说,车里已经很挤了,根本没有你坐的地方。你还是待在家里吧。"

莎莉听到哥哥的话,伤心地哭了起来:"妈妈,我也要去,我也要去。"

玛丽连忙哄着她,同时叫丈夫巴克赶快去开车。

每天,玛丽的生活似乎都充满了孩子们的叫声、吵闹声,还有哭声。尽管她家的洗衣机里有洗不完的衣服,厨房里有做不完的饭,客厅里总是响着孩子们的争吵声,但是她仍是一副快乐的样子,一点儿也不觉得累,也从来没有抱怨过一句。

有人问她:"生活终日被孩子们包围,你怎么还能那么快乐?"

玛丽回答:"有这么多的孩子,我可以分享每一个孩子的喜怒哀乐,仿佛又在经历着童年,体会着他们心里的那些小小的快乐和悲伤,这难道不是一件很快乐的事吗?"

十九年后,孩子们陆陆续续地成家了,最后连小女儿莎莉也结婚了。屋里一下子变得空荡荡的,只有玛丽和她的丈夫住在这里,可是玛丽仍是哼着歌儿进进出出。

那个人又问她:"现在只有你和你的丈夫了,没有孩子陪你们说话了,为什么你还能这么开心呢?"

玛丽则说:"没有了孩子们的陪伴,我正好可以和巴克外出旅游啊,以前孩子们在身边,我们根本没有时间去国外旅游,现在我们终于可以好好享受一番了。这难道不是一件快乐的事吗?"

不久之后,巴克在一次车祸中失去了左腿。他只能终日坐在轮椅上,由玛丽把他推进推出。有时连巴克都会对生活抱怨几句,可是玛丽仍是微笑着陪着丈夫。

那个人在她的脸上还能发现笑容,不禁问她:"现在你的丈夫受伤了,你们不可能去国外旅游了,而你必须天天照顾行动不便的他,你怎么还能笑得出来呢?"

玛丽把修剪花草的大剪刀放下,欣慰地说:"你说得没错,现在我的丈夫是有些行动不便,可是我仍可以带着他到附近的公园去转一转。我们在那里一起聆听鸟儿的鸣叫,一起看花儿静静地开放,这种大自然的美妙是以前我们从来没有感受到的。而我丈夫最近开始学习萨克斯,他

说一定会为我演奏世界上最动听的乐曲。是这次车祸,让我们看到了生活的另一面。最令人高兴的是,为巴克检查的医生说他恢复得很好,再过一个月就可以完全摆脱轮椅,自由行走了。我要感谢生活对我们开的这个玩笑。你说,这些能不让我感到开心吗?"

那个人听了玛丽的话,忍不住问她:"我现在最想知道,为什么你遇到那么多事都可以这么开心,可我却觉得你遇到这些并没有那么令人开心?"

玛丽认真地说:"一个人是不是开心,与所遇的事情并非没有关系,但关键在于你的心情。如果你有份好心情,那么你就会找到让你开心的理由;如果你有份坏心情,那么无论你遇到什么事情,都会让你感到不开心。"

乐观的人看到瓶子里有半瓶水,会高兴地说:"太好了,还有半瓶水。"悲观的人看到之后,只会说:"现在只剩下半瓶水了。"事物是不变的,而你看事物的角度会随着心情的变化而变化。正如那句话:"开心是过一天,不开心也是过一天。"你会怎么选择呢?

一次意外的转变

那些曾让你的生活陷入困境的事，后来竟成为你生命中最有价值的经历，你对此感到过吃惊吗？

曾有一位教会的弟兄给我讲了一个故事，故事里的经历改变了他的一生。

他多年以来一直都在为攒钱买房而努力，可是生活总是充满了意外，日常支出总比他预想的要多，尽管他一直在努力攒钱，可是终究也没有买成房子，因为花销远远超出了他的积蓄。

后来在一次交通事故中，他妻子驾驶的车不幸严重损坏。修理费用大约要5000美元。但很不幸，那时他们正处于财政危机，不得不等以后经济条件充裕时再修车。事后，他仔细分析了他们现在的生活处境，终于意识到必须赶紧想办法先解决财政问题。于是为了扭转局面，他连续几周不停地加班，更加努力地工作，并且比先前更加节省生活的开销。几个月后，他积攒了许多钱，终于可以修理妻子的汽车了。

汽车修好后，他便和妻子商量他们应该尽快存钱以备后用。于是妻子便鼓励他应该再开一个账户，像为了修理汽车一样节省日常开销，然后把每周节省下来的钱存起来。这样，积攒下来的钱很快就可以买房子了。

他也坚信，如果几个月内他都能积攒几千美元的话，那么最终他肯定能攒够买房子的钱。几年来夫妻俩一直希望能拥有那所梦寐以求的房子，可积蓄似乎一直不足以支付房款的预付定金。然而，仅过了一年

零几个月后,他已经拥有两万美元的存款,终于可以交纳预付定金了。而他在这之前的努力之所以一直没有成功,是因为他没有合理地理财。

也因此这段经历改变了他的金钱观。这之后他和妻子仍然继续设立账户。但这次他们打算为养老存款,与先前买房子不同的是,每周存的钱比那时少了一些。

如果一个人明显地改变了他的特性,那一定是因为他有紧急的任务需要他尽快完成——他为此制定计划,并且持之以恒,直到成功。一次不幸的经历使他因祸得福,并受到了启发,学会如何节省开销、如何分配金钱、如何养成良好的理财习惯。在这个过程中,他的家庭生活也有所改变。现在,他既拥有了物质享受,同时也拥有了成就感和自豪感。

生活会教会我们许多人生道理,无论是关于成功、失败,还是这其中的酸甜苦辣,细心品味都会从中获益良多。

生活本身就是一个自我挑战的过程,成功往往来自那些伪装了的机遇。

美满幸福的生活中,间或会有一些逆境掺杂其中。当身处困境时,怨天尤人是徒劳的,不如尝试追溯其根源,总结经验、完善不足,幸福的生活很快就会重新回到身边。

田鼠还是鱼鹰

生活通常有两种选择。

要么为了生存忙碌地奔跑于地面,要么不停地翱翔在高处。这两种选择可以用以下两种动物做比喻。

几个月前,我和朋友们坐在船里一起钓鱼,偶然间我注意到河岸边有一只田鼠。他刚从洞里钻出来,飞快地向几个不同的方向移动后,又飞快地爬回洞里。我开始思索起这个小生命的生存方式来。它的生活总是在依靠嗅觉东奔西跑中度过,总是惊恐不安、紧张纷乱的样子。总是不停地闻闻这,嗅嗅那,在周围打着转,但又似乎永远也超越不了它鼻子以外的地方。它好像一直都在试图嗅出能够通向安全空间的生存之路。我们把这种生存方式定义为田鼠的生活。为了维持以后的正常生活,它们不得不每天储存大量的食物。于是它们像现在一样从早到晚不停地惶恐、紧张,终日为以后的生活忙碌不堪。

几分钟后,我抬头正好望见一只在空中翱翔的鱼鹰。

比起刚才那个惊恐、紧张的小东西,我看到的是一个威严的生命。它在不停地扇动着自己宽大的翅膀,不断地借助气流向高处翱翔。与觅食的小田鼠相比,这个更具有敏锐目光的猎人正俯视所有河流和湖面的全景,时刻等待着向下猛冲捕获猎物的恰当时机。与爬回岸边洞里的小田鼠相比,这个更令人惊奇的生命,飞向的是最高的那棵树顶端的鸟巢。

而我们人类的潜能,正是鱼鹰这种翅膀的力量、鹰爪的锋利、惊人

的视觉以及轻松翱翔的能力的体现,而不是田鼠。

我不知道你会怎样选择,但对于我来说,很容易选择出由哪种动物做我生活的例子。因为我要高飞,我要探险,我要欣赏到更多的画面;我要征服一切,我要攀得更高、走得更远、跳得更深、经历得更多;我要释放自己的灵魂、开阔自己的思想、丰富自己的情感、激发自己的热情;我要让这仓促的生活停止,让这忙碌的生活结束;我想要新生的力量、创新的思想、敏锐的洞察力和坚定的勇气。

我要让自己身上的特质像鱼鹰的越来越多,像田鼠的越来越少。因为像田鼠那样生活,有辱我们的祖先,并且背离了生命的真谛。

对待人生的态度,常常会决定一个人的命运。积极上进的人生观可以使人成为生活中的强者;而消极、逃避的人生观却只能让人永远停留在低谷。

重新开始

在生活中,我们所能做的最好的事之一就是:重新开始。

开始像你在曾经最幸福、最坚强的时刻那样来看待自己。

开始回想曾对你有所助益的一切(以及曾对你有所阻碍的一切),设法重新获取经验。

开始回想自己童年时代的自然纯真——把每一天都当做一生来度过。

开始忘掉多年来你身上所背负的千斤重担:那些不再重要的问题,那些随风而逝的眼泪,那些即将在明天的新开端的岸边被冲走的忧虑。

明天告诉我们,我们生命的每个明天都将是崭新的一天;只要我们是明智的,我们将会抛开过去的一切问题,给未来——也给我们自己——一个成为最好朋友的机会。

有时,我们所需要的一切只是内心的一个愿望:让你自己……重新开始。

令人痛苦的往事、不堪回首的经历是否还在摧残着你的精神。忘记过去吧,给自己个机会,重新开始,你会发现原来每一天都是崭新的,世界也变得广阔起来。

心存感激

即使你一天的工作都不顺利,也要心存感激;感激你拥有一份工作,因为还有很多人正身处失业之中。

付账的时候,要心存感激,因为你有钱可付。

即使你看到自己长了白头发,也要心存感激。想想做化疗的癌症患者吧,他们多么希望能有头发啊。

当你发现自己正在排队等待分发少得可怜的救济品时,要心存感激。想想那些食不果腹的人吧。

当你觉得家务活太繁重的时候,要心存感激,因为你毕竟拥有一所房子。想想那些毕生希望就是能有一所自己的房子的人吧。

当你因为要走很长一段路才能到自己的停车位而意欲抱怨时,要心存感激。想想那些不能走路的人是怎样的感觉吧!

即使你因为别人的愤怒、冷漠、无知、苦难或危险而感到苦恼,也要心存感激。想一想,如果事情变得更糟,你是他们的其中之一呢?

当你认为自己的世界犹如一团乱麻,而想要放弃的时候,想想那些据说已来日无多的人吧,他们并没有想过放弃。

得陇望蜀,欲壑难填,有些人似乎永远都不会知足。这类人往往不会得到真正的快乐。只有怀着一颗感恩的心,珍惜现有的一切,才能体会到幸福的含义。

资　格

在身为家庭主妇的那段时间里,我感到愧疚。有时,我觉得我不能为家庭做足够的贡献。

在我的女性朋友中,有一些从事医学教育工作,一些是警察和律师,还有一些从事教会工作,比如牧师、修女、传教士,多数是服务员、秘书或是银行出纳员。此外,我还有一个朋友拥有自己的保洁公司,另一个则经营着自己的快递公司。

这些人都在为人类、为我们生存的这个世界做着贡献,为社会中的各个阶层的人。

而可怜的我,只能坐在那儿沉思,我能为我的家庭做些什么。突然我豁然开朗!我正在想什么?我怎么能认为自己对这个家没有贡献呢?!不,尽管我没有工资,但是如果一张职位申请表上要求列举以前的职位,我可以这样写道:

目前,我被一家由八个人组建的小公司雇佣着。我是厨师、女仆、洗衣工和裁缝;我同样扮演着护士和医生的角色;我也是园丁、邮递员以及扑灭害虫的人;我要经常乘出租车穿梭于所居住的地区周围;我是娱

乐气氛的协调者,是营养学家,是拉拉队队长,是教练,是裁判;我还是老师和传教士;我是美发师、时尚设计师;我也是心理专家、精神专家以及药剂师;我像法官、陪审员、执行官一样可敬。

列表上的资格条件还能继续,还有很多很多。

尽管每星期五我都不会得到薪水并将其存入银行……但是从另一方面来说,基于我这些资格,没有人能负担得起我每小时的薪水。

所有的这些资格可以用一个词总结——母亲!

母亲的工作就是提供最大的快乐而不是悲伤,最多的微笑而不是泪水,最多的笑语而不是争吵。这一切组成了母亲工作的所有内容。

那么,我不应该因为在经济上不能够帮助家庭而感到愧疚。我应该计算的是,当我在家里时,孩子们招手呼唤我时所得到的幸福。

因此,我不会同世界上的任何一个人交换我的工作!

母亲或家庭主妇看起来她们显得那么微不足道,经常被人们所忽略,因为,一个家庭已经习惯了她的无私付出了。她要协调时间、安排开支、照顾家人日常生活……几乎是一个家庭样样都不可缺少的全才。不要小瞧这个角色,她在承担着一个伟大而又平凡的职责,没有人能代替。

街角的老人

故事发生在20世纪50年代中期,那时我还是一个孩子,我的爸爸在多伦多市区斯帕迪纳大道和皇后街交汇处的一个家具店工作。有时,我会和他一起去店里,帮着大家到餐馆里买咖啡,以此赚一些零用钱。然后一天余下的时间,我会在家具店附近转悠,无所事事,对周围熙熙攘攘的人和事物也不太在意。

一天,在爸爸和我开车去店里的时候,我透过乘客座的车窗看着外面的行人,我注意到一位老人站在街道的拐弯处。不知道为什么,我们的目光相遇了,而且持续了大约有20秒的时间,直到我们经过了那个拐角。这位老人没有什么让人恐惧的地方,但是这次目光的相遇对我来说却意义重大。在这之前的生活里,我从不在意我在街上、在店里或者在任何地方看到的任何人。我的生活完全集中在我的家庭和街区里的朋友上,我对周围的任何人都不感兴趣。

但是那位老人引起了我的兴趣。生平第一次,我对别人的情况产生了好奇心。他的生活曾是怎么样的?他曾去过哪些地方?他是怎么在我经过的

那一刻来到这个拐角的?

这么多年来,我已经淡忘了那位老人,但是最近关于他的记忆又回到我的大脑里,我又记起了与这个陌生人目光相对的那20秒,并很想知道他的情况。

看起来我们都很繁忙。每天有太多的工作要做,太多的电话要打,太多的事情需要处理,以至于我们几乎没有时间真诚地关注别人。

我们经常听到社会上那些有思想的人说,我们应该停下来闻一闻玫瑰的芳香。但是我恐怕是花了10年的时间才真正认识到这些话中的哲理。

现在,只要我一有机会和年轻人交谈,我便会尽力地传递着这一信息。但是不幸的是,他们太忙碌,以致不能听取好的建议,就像许多年前的我一样。事实上,青春往往就是这样被浪费掉了。

如果我有机会,我就会告诉年轻的朋友们停止现在他们所做的,往周围看一看。我会告诉他们尽可能努力地去尝试理解出现在他们视线里的是什么,此刻在他们的听觉范围内的是什么,他们能马上抓得住的又是什么。

我非常想告诉人们,尤其是年轻人,如果在人生这条路上,你对别人毫不关心,冷漠相待,那么你也就失去了生活的真正意义。看在上帝的分上,不要去干涉别人的私事,不要说不得体的话,但是请花一些时间问别人,他是怎么来到这里的,或者他是怎么开始从事这个行业的。

不论别人告诉你什么,他们的回答都会让你变得富有。只要你能欣赏你周围的人们和生活,仅凭他们此刻的存在所能给予你的礼物,你就会情绪高涨,你就会成为一个优秀和富有的人。

我们应该意识到,伟大的交响乐是用上帝给予全世界的七个简单的音符谱写成的。我们还应该知道,伟大的艺术作品是由它们自身所唤起的情感来衡量的,而不只是由它们在园艺架旁的外观所决定。

我们不应该忘记,心痛虽然不能够被治愈,但是那些给予我们真诚关心的人却能使它得以减轻。当欢乐与人分享时,我们才能体会快乐到

底有多大。

最近,我参加了一个在多伦多会展中心举办的交易会。在午餐期间,我去了皇后西街一个书市。正考虑是返回交易会还是继续往前走的时候,我突然意识到我正站在斯帕迪纳大道和皇后街的拐角。此刻,一辆汽车经过,我与从乘客座车窗朝我看的小男孩儿四目交汇。我们彼此看了大约有20秒钟,然后车转过拐角不见了。我好奇是否那个男孩儿也在想我是个什么样的人。

然后我意识到,我现在已经是个老年人了,就像许多年前我看到的那个人一样。

我很想知道是不是50年就已经这么一闪而过,还是只不过我和那个男孩儿在20秒的时间里互换了位置。

在返回到交易会之前,我在一家花店停了下来。买了一枝玫瑰别在夹克的翻领上。不知为什么,我觉得这是我余下的生活里要做的最重要的事情。

生活的匆忙的确使我们失去了许多与人交流的机会,城市太过喧嚣,令人们越来越浮躁,我们忘记了关心他人,忽略了他人对我们的关心。人生每走过一段,我们都应该驻足脚步,试着去欣赏周围的美好东西,这样我们才可能让人生更绚丽多彩,才会更珍惜流逝过的美好时光。

他们说……

　　马汶在毕业后,就想让自己经受一番事业上的磨炼。朋友们建议他,销售员应该是最能磨炼人的工作了,值得一试。于是,马汶应聘到一家广告公司当销售员。在这期间,他切身感受到了生活的艰辛,但同时也获得了自己最想得到的东西。

　　当时马汶为了推销公司接下的电视广告时段,必须找到一定的客户,并说服他们购买。作为一名新手,公司是不会把那些与公司关系很好的老客户分给马汶的。按照惯例,他分到的是一些长期不愿与公司合作,或是已经中断合作关系很久的客户。

　　"加油干吧!"销售经理只给了他这样一句鼓励的话。

　　马汶很有信心,他一家一家地跑着,心想总有一家会突然改变想法,接受他们的订单。可是十几天过去了,几乎所有的公司都用各种理由拒绝了马汶。这让马汶感到万分沮丧,起初树立起的雄心壮志,已经快被一次次地拒绝消磨光了。他真想放弃这份工作,并跑到经理那里抗议:"为什么不能把一些好机会给我,让我试一试!"但是他克制住了自己的冲动,仍旧埋头工作着。

　　一天,在销售工作会议上,经理提到,每天早8点的新闻节目广告时段也被他们买下了。马汶知道这是一个非常好的时间段,这次,他一定要努力找到客户。马汶把所有的客户又仔细看了一遍。忽然,他发现,一个叫道格拉斯的人已经4年没有和公司有业务往来了。而在那张记录卡的背面,写着以前的销售员对他的评价:"态度极其恶劣。""他对我们的公司充满敌意。""世界上怎么会有这种蛮不讲理的人,真是个浑蛋。"这些评价反而激起了马汶的好奇心,这到底是个什么样的人,如果我能让他签下订单,那是一件多么令人振奋的事。

想到这里,马汶快速地查清了道格拉斯的公司所在地,便驱车前往。前往的途中,马汶一直都在为自己鼓劲:"他以前是买过我们出售的广告时段的,那么现在他也有可能购买。"马汶的嘴巴有些干涩,但他仍是鼓励自己:"我能行的,他会答应的,你瞧,他已经露出了笑容,他满意我们的广告时段,是的,他非常想签下订单……"

当马汶把车开到道格拉斯先生所在的公司的楼下时,他忽然又想到,如果道格拉斯不愿意呢,甚至连见也不见自己呢?他又拿出那张卡片看了看,足足有5分钟过去了,他对自己说:"他可能比我想象的还要坏,他们都是这么说的,那我来这里干什么呢?"可是马汶转念一想:"我花了近40分钟才开到这里,难道现在连车也不敢下了吗?进去吧。他顶多冲我吼上两句,然后我就好好地出来了,我不会损失什么,不是吗?"

于是,马汶下了车,按照意志的指引,来到了楼里,当打听到道格拉斯先生的办公室在3楼时,他没有乘坐电梯,而是一步一步地从楼梯上去,在途中,他还不住地为自己打气。当他顺利地找到那扇门时,他礼貌地敲了敲门,没有人。马汶忽然感觉像是卸下了一身的重担,轻轻松了一口气:"太好了,我以后不用再来这里了。"他高兴地转身要走,却发现一个矮胖的人正在向他走来。而按照卡片上的说明,这个人就是道格拉斯先生。

正当他想离开时,那个人开口问道:"你有什么事吗?"

"您好,我是TVB广告公司的,我叫马汶,很高兴认识您。"

"滚开!"道格拉斯不耐烦地说。

马汶努力让自己保持冷静,要不然他真的会按道格拉斯所说的那样做。他鼓起勇气说:"先生,请听我说几句。我是个新手,只希望您抽出3分钟来帮帮我。"

道格拉斯没有说话,只是打开门,让马汶和他一同进去。

当道格拉斯在他那高级转椅上坐下后,便开始手舞足蹈地抱怨广告公司对他的服务质量是多么差,那些销售人员是多么不守信用,简直和骗子没有什么两样。

马汶默默地听完,从口袋中把那张卡片掏了出来,递给了道格拉斯先生:"这是他们对您的评价。"道格拉斯几乎是瞪着眼睛看完那些卡片上的字的。马汶见道格拉斯先生始终没有说话,便说:"不管是您怎样评价他们,还是他们怎样评价您,那都是已经过去的事情了。而现在重要的事情是,我们早间8点的新闻广告时段对您的公司将十分有利,您应该考虑到这将给您的公司带来丰厚的利润。"

"但愿这次我不会再看错人,让我看看你的报价单,年轻人。"道格拉斯在转椅上安静了下来。

马汶立即把报价单递给了道格拉斯先生。

3天后,马汶得到了道格拉斯先生的订单,他包下了那个时段整整1年的广告。

马汶的成功激发了他更大的工作热情,从此他再也不会惧怕那些别人所说的最令人厌烦、无法沟通的客户了。他的工作日志中写下了这样的话:"请不要过于相信别人的看法。其实,有些事情当你亲自去做时,才会知道,他们说的并不一定都是正确的。"

他们说,他们说,如果你在做事之前只想着他人的经验,也许只能原地踏步。勇敢地跳出别人所谓的经验圈,用自己的实践来证明,也许别人办不到的事,而你就可以做到。

把32个街口当成4个

尤金的父亲曾经是名陆军军官,在管教子女方面一直奉行着纪律严明的军队式教育,而且严禁自己的孩子贪图享受,所以尽管家境非常富裕,但尤金每天也是步行上学,从来没有像其他孩子那样有汽车接送。从家到学校之间,每天要经过32个街口,尤金清清楚楚地数过。

但这次,由于学校举办了一次童子军的活动,学生们徒步行走了3个小时,等到放学时,大家都累坏了。尤金觉得自己完全有理由让家里派车来接,就请老师帮自己往家里打电话。挂断电话后,老师告诉尤金,接电话的先生答应一会儿派人来。

等了很长一段时间,来人终于到了,但不是开着汽车的司机,而是向尤金走来的父亲。步行而来的父亲向老师道过谢,转身领着尤金离开学校。

默默跟随在父亲身边,尤金觉得有些害怕,又有些委屈,不明白父亲为什么会出现在这里。

注视着儿子,父亲说:"今天我刚好在家,就听到管家说起你的老师打来电话。年轻人,遇到一点困难就退缩,我可不记得有这样教过你。"

看出父亲并没有十分责怪自己的意思,尤金也就不那样害怕了,向父亲分辩说:"可是今天我走了3个小时,已经很累了。而且,从这里走回家要经过32个街口,那是很远的路呢。"

"谁说的?"父亲毫不含糊地说,"只有4个街口。"

"4个街口?"尤金觉得很诧异。

"是的,"父亲说,"但我不是说到家里,而是到那家服装店。"

这有些答非所问,但尤金只能顺从地跟着父亲走。不一会儿就到了那家服装店,橱窗里放着一件学生制服,隔窗望望,父亲说:"好像没有你的制服好,儿子,你的是在巴黎买的吧!"尤金点点头,有些意外父亲竟然记得这件小事。尤金的制服,是妈妈带他到巴黎定做的,因为学校这样规定。

"现在,"父亲说,"只有11个街口了。"尤金摇摇头。

走完11个街口后,他们来到了射击游艺场的门口,看着两名青年人,好几次都打不中目标。然后他们继续前进。

又走了10个街口,他们来到了大剧院,父亲说:"让我们进去看看有什么剧目要演出,你妈妈喜欢这些。"几分钟之后,他们重又前进。

走了许多路,尤金本来该筋疲力尽了,可是奇怪得很,今天反而比往日更好些。这样忽断忽续地走着,再走过7个街口,尤金发现,已经到家了。

走进家门的时

候,父亲满意地笑着:"并不太远吧? 现在让我们来吃晚饭。"

在享用那和睦、温馨的晚餐之前,父亲解释给尤金听,为什么要他走许多路的理由。"今天的走路,你要常常记在心里。"父亲庄严地说,把尤金当成平等地位的成年人一样,"这是生活的一个教训:你与你的目标之间,无论有怎样遥远的距离,无论你怎样疲惫不堪,都不要担心。把你的精神集中在4个街口的短短距离,别让遥远的未来使你烦闷,要常常留意未来24小时内使你觉得有趣的事情。"

现在,时光已经过去了30年,父亲也已长辞人世。在值得纪念的那一天,他们所走的马路,大都已改变了样子。可是一直到现在,父亲的这条实用哲学,有好多次解决了尤金的困难。

成功离我们其实并不遥远,但与成功之间看似遥远的距离,往往会束缚我们的手脚。不要被遥远的未来吓倒,脚踏实地地向目标前进,专注做好眼前的小事,你就会发现,成功其实并不难。

福特让位

亨利·福特是闻名遐迩的福特汽车制造公司的创始人。他创立了全世界第一条汽车流水装配线。这种流水作业法后来被称为"福特制",并在全世界广泛推广。他对美国乃至整个世界的汽车制造业都有巨大的影响。然而,任何成功的背后,都存在着鲜为人知的艰辛,福特公司的发展也不是一帆风顺的。在福特公司技术研究所内部,曾为汽车内燃机是采用"水冷"还是"气冷"发生过激烈的争论。由于福特本人就是一名蒸汽机技术师,且一直从事"气冷"式内燃机的研究和开发,所以开发出来的汽车都采用"气冷"式内燃机。他刚开始时,刚愎自用,将自己对"气冷"式内燃机的偏爱,带入到市场运作中。对公司技术人员提出的"气冷"式内燃机存在的明显缺陷置若罔闻。

然而,这个方案很快便被证明是行不通的,在美国举行的一级方程式冠军赛上,一辆由福特公司生产的"气冷"式赛车,在跑至第三圈的时候,突然失去控制,赛车撞到围墙上,车体支离破碎,油箱爆炸,驾驶员也被当场烧死。此次事件在全国引起了轩然大波,不但政府下令公司进行停业整顿,而且也引起一些民间组织的强烈不满,甚至号召群众自发抵制福特公司的产品。

此后几个月里,福特公司汽车销量大减。而福特仍然拒绝修改技术方案,公司技术人员对提案的屡次被拒感到非常气愤,认为自己的才能不被认可且公司的前途更是一片渺茫,因此集体提出辞职。一时之间风声鹤唳,群情激奋,公司面临即将解体的危险。当时公司的副总经理向福特进言:"您觉得在公司是当总经理重要,还是当一名技术人员重要?""当然是前者。"福特沉默后回答。经过这位副总经理的分析和规劝,福特决心收回以前的决定,并同意按照技术人员的提议,开始进行"水冷"式汽车的研发。后来这几个技术人员被委以重任,开发出的产品使汽车销量大增。

这件事对福特的触动很大,他开始意识到群策群力的重要性。以后的岁月里,他"广开言路,查纳雅言",事业果然蒸蒸日上,他独创的流水作业的工作方式,为日后工业生产模式提供了范本,终成为一位对汽车发展史有巨大影响的人物。

随着公司的日渐壮大,福特也到了迟暮之年。一天,公司的一名中层管理人员与福特交谈时说:"公司里的中层领导都已经逐渐成长起来了,您是否该考虑培养接班人?"这话委婉地表明了让福特辞职的意思。福特听了这位管理人员的话,不但没有生气,反而连连点头表示赞同,并且说:"您说得对,多谢您提醒我,确实该退下来了,我立即就去辞职。"

福特不但自己这样做,而且要求他的子女及其主要管理者也应当多听取下属的意见。在他的思想引导下,他的后继者们又将福特公司带到了世界的每个角落,而今,福特已经成为了传奇的代名词,为人们所传颂。

一个人的智慧是有限的,通常一意孤行的结果只能导致失败。怎样从其他人的建议中去其糟粕,取其精华,才是能否成功的关键。

小角色大演员

十岁的妮可喜欢表演,她最喜欢的演员是当时最著名的一位男演员。她的理想就是成为一名职业演员和最喜爱的男演员合作出演一部戏。

凑巧的是妮可所在的学校正准备编排一部名为《和睦的家庭》的舞台剧,于是妮可激情万丈地去报名,并且成功地被录用了。妮可把这次演出看作是自己的处女作,把每天的业余时间都用在钻研表演上。然而当剧组决定角色的那天,妮可铁青着脸回到了家。妮可的父母连忙询问她出了什么事。原来剧组把主要角色都分给了别人,妮可只被分到饰演狗的角色。妮可认为这是其他人给她难堪,然而,现在决定退出也已是不可能的事情了。

这件事后,妮可变得郁郁寡欢。细心的爸爸察觉到了女儿的不快,他很快想出了一个办法。他通过朋友找到了女儿最喜欢的那位演员,将情况和他说了,那位演员听后对这件事很感兴趣,并要亲自来帮忙说服妮可。

一天后的下午,这位演员来到了妮可家,妮可看到自己的偶像,当

然高兴万分,对他所说的每句话更是深信不疑。他告诉妮可,他曾在学校出演话剧时饰演过一棵树,不仅没有台词,连动作都没有一个。他还说只有小演员没有小角色。

以后的一段时间,妮可积极参加每次排练,她练得很投入,为演好角色还专门买了一副护膝,方便在地上爬来爬去练习。演出的那天,学校的礼堂里座无虚席。演出开始不久,随着主角的陆续出场,妮可也穿着一套毛茸茸的狗道具手脚并用地爬进场来。这时许多观众都将目光集中到她的身上,因为妮可将狗的蹦蹦跳跳和摇头摆尾的形态表演得惟妙惟肖。许多人被此吸引着。紧接着妮可又将狗从睡梦中惊醒,机警地四下张望的神情表演得更是出神入化。此时,观众们已经不去关注主角们说什么台词了,他们将注意力都集中到了妮可身上,而妮可的精彩表演不断延续,台下的笑声也是此起彼伏。

演出结束后,观众们的掌声经久不息。那天晚上,妮可成为真正的主角和明星,她以精湛的演技,赢得了当晚的最佳演员奖,而为她颁奖的正是她的偶像。

其实,生活中我们都在各自充当着不同的角色。无论是大角色,还是小角色。但都是生活这个舞台不能缺少的。正如人的地位不分贵贱,平凡的岗位同样能做出不平凡的事情一样,重要的是要有一颗积极的、高贵的心。

试着回头看看

当你身陷困境之时,试着想想生活中让你感到快乐或幸福的时刻吧。回想一下当时的那种幸福感觉,那么你就会有勇气战胜眼前的任何艰难险阻。当你面对重重困难而举步维艰的时候,试着回想一下,你从前是如何凭着坚定不移的信念坚持到胜利的那一刻。

通过这种思考方式,你就能够越过眼前的任何障碍。

当你觉得精疲力竭的时候,找个舒适的地方让自己休息一下。

要给自己留些时间想想美好的事情,给自己充电,这样你就能以崭新的面貌去面对每一天。当你感到有压力时,找些有趣的事情做吧。你会发现压力在慢慢消失,解决问题的思路也会随之渐渐清晰。

当你感到意志消沉、行事不顺的时候,你应该这样去想:相较于你的整个生命旅程,这些问题都是微不足道的——要记得生命中发生过的那些美好的事情。

生活总会有不尽如人意的地方,但你若能换个角度,多想想你曾拥有过的那些美好快乐时光,你就不会感到沮丧。同时可以通过对幸福生活的憧憬来摆脱痛苦、战胜痛苦。再回头看看时,你就会觉得生活仍旧是那样美好。

有时候你不能相信你所看到的，但是你必须相信你所感觉到的。如果你曾经想让某个人信任你，那么你首先要感觉到你也很信任他，甚至是当你处在黑暗中或正要摔倒的时候。

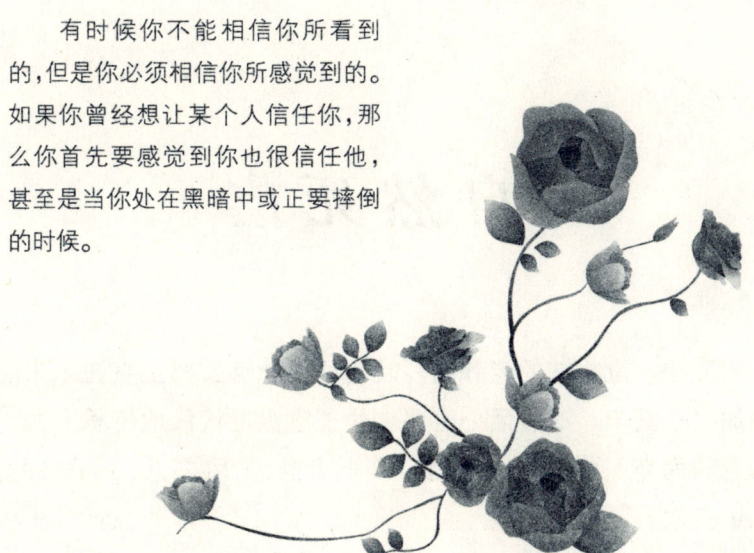

飘逸的思绪

- 自然死亡
- 千镜之屋
- 寻找圣人
- 创造力
- 种子法则
- 信任
- 拥有小甜饼
- 春的沉思
- 我们在旅途中
- 一分钟与一小时

自然死亡

国王让一位睿智的老和尚写几句话,能够鼓舞王室在未来的岁月里更加兴旺繁荣。这些话一定要能使王室世世代代地传承下去。

老和尚在一张大纸上写道:"陛下去世,王后去世,王子去世,王子的儿子去世。"

看到老和尚写的话之后,国王大发雷霆。

"我让你写的是能给王室带来幸福和繁荣的话。"国王喊道,"为什么你却给我写这些如此丧气的话?"

老和尚回答道:"如果您的儿子死在您之前,这会给王室带来无法承受的悲伤;如果您的孙子死在您儿子之前,这也会带来巨大的悲痛。如果王室能够按我所描述的顺序,一代又一代地自然死亡,那才是自然的生命过程。只有这样,才是真正的幸福和繁荣。"

万物的生长、死亡、兴旺和衰落都有其自然的规律,只有在遵照自然规律的基础上,一代代人不懈地努力,才是长治久安之道。

千镜之屋

在一个偏僻的小村庄里有一间屋子,屋子里有一千面镜子。一只快乐的小狗听说了这个地方,决定去看一看。到达那里之后,它欢快地跳上了屋门口的台阶。它一边竖着耳朵、快速地摇着尾巴,一边从门口向屋内看去。令它感到万分惊奇的是,它发现自己正在看着另外一千只和它一样快速摇着尾巴的、快乐的小狗。它非常高兴地笑了,那一千只狗也对它报以温暖、友好的笑容。离开这间屋子的时候,它心想:"这真是一个奇妙的地方,我一定要常常到这里来看看。"

另外一只小狗也听说了这间屋子,它并不像第一只小狗那样快乐,但它也决定去那看看。它慢慢地爬上了台阶,然后耷拉着脑袋向屋内看去。当它看到一千只表情不友好的狗在盯着它看时,不禁向着它们吠叫起来,令它感到惊骇万分的是,那一千只狗也冲着它吠叫起来。离开的时候,它心想:"这真是一个可怕的地方,我再也不会到这里来了。"

世间所有的面孔都是镜子,在你所遇到的人的脸上,你看到了什么样的表情?

人与人之间相处,其实就像镜子。当你微笑着面对他人,他人也会报以更加灿烂的笑容;当你横眉冷对他人,你将面对的是更加冷酷的面庞。

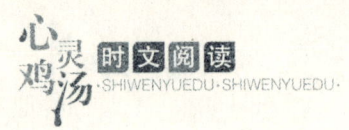

寻找圣人

乡间到处都在流传,山顶一间小屋里住着一位睿智的圣人。村里的一个人决定不惜跋山涉水,也要去拜访那位圣人。当他来到那间小屋的时候,看到只有一个老仆人在门口欢迎他。

"我想见那位睿智的圣人。"他对那个仆人说。

仆人笑了笑,让他进屋了。当他们一起穿过屋子的时候,那个从村里来的人急切地在屋里到处寻找,希望能见到圣人。没等到他找到圣人的时候,他已经被那个仆人领到了后门,并被送了出去。

他停下脚步,转身对那个仆人说:"我想见圣人!"

"你已经见过了,"老人说,"你在生活中遇到的人,即使看起来平凡无奇,也要把他们每个人都当做睿智的圣人。如果你能做到这一点,今天你带到这里来的任何问题就都能迎刃而解了。"

生活中的每一个平凡的人都有自己的长处,善于发现他人的长处,并将其转化为自己的优点,你就会在不断的进步中得到成长,使自己更加优秀。

创 造 力

在人类诞生之前,上帝把世间万物召集在一起,对它们说:"我想把人类的一种能力藏起来,直到他们做好拥有它的准备。这种能力就是创造。但把它藏在哪里最好呢?"

鹰说:"交给我吧,我会把它带到月亮上去。"

上帝说:"不行。总有一天,他们会去那里找到它。"

鲑鱼说:"我可以把它藏到海底。"

上帝说:"不行。他们也能够抵达那里。"

野牛说:"我可以把它埋在大平原上。"

上帝说:"不行,即使藏到那里,他们也一样能找到。"

鼹鼠住在大地母亲的心中,它没有眼睛,却能用心灵之眼去观察周围。它说:"把它放在人类的心里。"

上帝说:"这就是我要的答案。"

创造力人人都有,但是它被小心地藏了起来。只有那些不被事物的表象所蒙蔽,用心生活的人,才能发现。

种子法则

仔细观察苹果树就会发现,每棵树上可能有500个苹果,而每个苹果有10颗种子。竟然有那么多种子!

我们可能会问:"只种那么几棵苹果树,为什么会需要这么多种子呢?"

这就是大自然教给我们的道理。它告诉我们:"并不是所有的种子都能生长;世上大多数种子都是不能生根发芽的。因此,如果你真想做成什么事,最好多试几次。"

这可能就意味着:

你要参加20次面试,才有可能得到一份工作;你要面试40个人,才有可能发现一个好职员;你要向50个人推销之后,才有可能卖出一套房子、一辆车、一台真空吸尘器、一份保险单,或一个商业理念。你可能在认识100个人之后,才会找到一个真正的朋友。

当我们明白了"种子法则"之后,不必感到沮丧和失望。也不要觉得自己是牺牲品,要学会怎样去应对发生在我们身上的事情。

自然法则并不是针对某个人的;我们只需要去理解它们,并适应它们。

成功人士往往经历过很多次的失败,但他们却播下了更多的种子。

当有些事情你无法控制的时候,要想活得快乐一些,你一定不要做下面这些事:一定不要去决定你认为这个世界应该是什么样子的;一定不要去为每个人的行为制定规则。这样的想法常常会将你卷入更加苦恼的旋涡之中。

另一方面,来说说你可能会期待的事情:

朋友应该知恩图报。

人们应该赏识你。

飞机应该准时抵达。

每个人都应该诚实。

你的丈夫或最好的朋友应该记得你的生日。

这些期望可能听起来是合情合理的,但这些事往往都不会发生!因此,到最后,你就会沮丧、失望。

这里有一个更好的方法:要求得更少一些,这样反而会使自己有更多的选择性!对于那些我们无法控制的事情,这样告诉自己:

"我希望是'A',但如果结果是'B',那也不错!"

你希望人们彬彬有礼,但如果他们粗鲁无礼,也不会毁了你一天的美好心情。

你希望阳光灿烂,但如果细雨霏霏,那也不错!

要想过得更快乐,我们需要选择一下:

a. 改变世界;

b. 改变我们的思想。

还是改变我们的思想更容易一些!

这并不是什么难题,只是小问题而已,但是否将其视为难题,取决于你的态度。决定你快乐与否的,并不是发生在你身上的事情,而是你怎样去看待发生在你身上的事情!

广播种子,其中就有可能会生根发芽,而如果不播种,就永远不可能长出果实。正如在经过多次失败的尝试过后,就可能会收获成功,而你如果不去尝试,就永远不会成功。

信 任

今天,莫利先生说,他有一个小试验想让我们几人来试一试。他让我们都站起来,背对着我们的同学,然后身体向后仰,最后靠在会扶住我们的另一个同学身上。我们中大部分人都对此感到局促不安,我们没往后仰几英尺就停下了。

最终,只剩下一个学生,是一个瘦小的、文静的、黑头发的女孩儿,我曾注意过,她总是穿着一件宽松的、白色的渔夫毛线衫,她把手臂交叉放在胸前,紧闭着双眼,慢慢向后仰,一点也没有畏缩,就像某个立顿茶叶广告中的模特跃入泳池中一样……

过了一会儿,我确信她马上就要摔倒在地上了。就在最后的一刹那,指派的搭档握住了她的头和肩膀,把她迅速扶起来了。

"哇呜!"几个同学忍不住叫出了声,一些人还鼓起了掌,最后莫利先生笑了。"你明白了吗?"他对这个女孩儿说,"你闭上了眼睛,这就是不同之处。有时候你不能相信你所看到的,但是你必须相信你所感觉到的。如果你曾经想让某个人信任你,那么你首先要感觉到你也很信任他,甚至是当你处在黑暗中或正要摔倒的时候。"

人与人之间的信任,是相互的。如果你不能信任别人,就别奢望别人能信任你。只有敞开心扉,真诚付出,才能得到他人的信任。

拥有小甜饼

我的病人中有一位成功的商人。在患上癌症之前他告诉我,凡事如果没有确保万无一失,他就会忧心忡忡。对他而言,幸福就好比是"拥有小甜饼"。如果有了小甜饼,就会万事顺遂;如果没有小甜饼,生活就毫无价值。

不幸的是,代表小甜饼的东西总是在不断地变换着:有时是金钱,有时是权力,有时是欲望;它也常常是一辆新车、一份数额最大的合同,或是一个最受人尊敬的地位。令人始终不能长久地享受"拥有小甜饼"的快乐。

在被确诊为前列腺癌一年半之后,他坐在那里,沮丧地摇着头说:"长大成人之后,我好像突然间不知道该怎么生活了。当我给我儿子一个小甜饼时,他非常开心;如果这个小甜饼被我拿走,或是被弄碎了,他就会闷闷不乐。然而,他只有两岁半,而我却已经四十三岁了。我用了这么长时间才明白,小甜饼永远也不会使我感到长久的幸福。从你拥有小甜饼的那一分钟起,它就已经开始破碎,或者你就开始担心它

会碎掉或有人试图从你手中夺走它。你知道,为了防止它破碎或确保它不会被人夺走,你不得不放弃许多东西。或许你甚至没有机会去享用它,因为你要忙于不让自己失去它。拥有小甜饼并不是生活的全部内容。"

但接着,我的这个病人笑着告诉我,癌症已令他有所改变。无论他的生意是否一帆风顺,无论是否赢得高尔夫球比赛,他有生以来第一次感到了幸福。

"两年前,癌症告诉了我,什么才是真正重要的。是的,生命是最重要的,就是生命。无论是否有小甜饼,你都拥有生命。幸福与小甜饼无关,而是与生命的存在有关。然而,谁能使逝去的时光倒流呢?"

他若有所思地停顿了一下,然后说道:"真该死,此时我忽然明白了,原来生命才是小甜饼。"

幸福的生活实际上与金钱、地位、欲望无关,拥有再多的"小甜饼"也不能给心灵带来真正的满足,它们从不是生活的全部内容。珍惜生命,珍惜拥有的一切,那么生活也就有了无穷的意义。

春的沉思

人们往往不满足于现状，总会或多或少地做着寻求未来幸福的美梦；而且，他会摆脱眼前正困扰他的烦恼，凭借已获得的优势条件，抓紧时机来改善自己现有的生活。

当心中急切盼望的时刻终于到来时，人们却发觉眼前的一切并不像当初盼望的那样。于是，人们便再次寻求新的希望，以求慰藉，并再次带着同样的热望祈盼着美好的未来。

如果这种情绪占了上风，人们就会把希望寄托在自己难以企及的事情上，这样一来，也许会成为一种优势：因为他会谨慎行事，以免破坏心中的目标；并且，为了实现心中的梦想，他还会采取适当的措施，等待着幸福时刻的最终到来。

……

事实上，春天的到来往往不会为我们带来想象中的效果，但人们却常常如此肯定：来年春天一定会更加顺意。而且，不到仲夏，人们很难承认眼前的春光会令人大失所望。当春天已近尾声，人们却畅谈着春天的来临；等到春天真的逝去了，人们却仍相信它还在向我们走来。同怀着这种心境的人促膝长谈，与他共同沉醉在这个令人欢愉的季节里，也许会得到极大的快乐。我欣慰地发现，越来越多的人已被这种情绪所感染，我认为拥有这种情绪是无可非议的。因为我坚信，任何一位杰出的诗人，面对着春季里美丽的花儿、徐徐的风、鸣啭的鸟儿都不会无动于衷。最丰富的想象力也无法诠释那金色时节的静谧与欢愉，只有永恒的

春天才是对不变的清纯的最高奖赏。

的确,世界在一年一度的革新过程中会给人带来一种言语无法表达的欢愉,世界也会将无数奇珍异宝毫无保留地呈现在你的面前。冬日里的寒冷与黑暗,以及我们眼前所见的那些裸露出来的千奇百怪的物体,都会使我们更加向往下一个季节的来临。既是为了摆脱严冬的酷寒,也是为了享受阳春的温暖。待到春天来临时,温暖的春光会将每一朵含苞待放的花蕾早早地送到我们的视线中来,让我们不禁把这花儿当做报春的使者,认为它是在告诉我们,美好的生活就要到来!

春天为我们的心灵提供了自由的空间,心头的郁闷与情感上的纷扰早已烟消云散,留下的只是无尽的欢愉。田野和森林里那生机盎然的新绿,散发着阵阵沁人心脾的芬芳……到处都洋溢着欢声笑语,就连动物们也因天气渐暖、食物不断增加而感到喜悦。透过大自然的微笑,大地上显露出一片欢天喜地的景象。

……

对大自然的鬼斧神工充满好奇心的人,通往幸福的途径往往更多。因此,我想把这篇对春的沉思奉献给青年读者们,请允许我再次呼吁你们:一年之计在于春,而你们的生命正如春天一样生机勃发,请不要浪费这美好的青春时光,当你们的脑中出现了新的梦想,就去追求吧!那是一种无邪的快乐,是一种对知识的渴求。要记住,春天的花朵再美丽,也不过是为了秋季的丰收所做的准备。

在我们每个人的心中,或许都藏有一个春天,那就是对美好生活的渴望。然而,如果只有对春天的向往而没有切实的行动,那么,春天只不过是一个绚丽的梦想,并不会带给我们任何实际的成效。只有当我们脚踏实地,在春天播种,并以辛勤的汗水精心浇灌理想的种子,我们才会在人生的秋天有所收获。

我们在旅途中

我不知道正在阅读这篇文章的你身处何方,也许你已经结束了一天的奔忙,正坐在安静的小屋里;也许你正和朋友们围坐在篝火旁,大声地朗读这篇文章;也许你正身处静谧的森林中;也许你正坐在你最喜欢的树下;也许你正躺在小船的甲板上……

不论你身在何方,不论你是什么人,不论是在此时此刻,还是在生命中的任何一个瞬间,有一件事对你我是完全相同的:我们并不是在休息,而是在旅途之中。我们的生活是一种运动,一种趋势,在向一个看不见的目标持久地稳步前进。每一天,我们在得到某些东西的同时,也会失去一些东西。甚至当我们所处的位置和我们的性格看起来跟以前并无差别时,这一切还是在不断地变化着。因为,时间的前进就是一种变化。对于一片荒地来说,一月和七月是有所不同的,季节会产生某些差异。能力的局限性对于孩子而言,是一种天真的品性;对成人而言,就是一种幼稚的表现。

我们所做的每一件事都是朝某个方向前进的一个步骤。甚至那些被我们忽略的事情也会给我们造成影响,因为忽略本身已经成为一种事实,它让我们前进或者后退。一根磁针南极和北极所产生的作用是同样真实有效的。拒绝也是一种接受——这一切都是二选一的结果。

今天,你是否比昨天更接近你心中的港口呢?是的——你必须接近某个港口。因为,自从你的船驶向生命之海,你便没有停止过前行,海是如此之深,你根本无法找到一个可以抛锚的地点。于是,你不可能停下

来,直到你达到自己的港口。

可是,你希望这艘船驶向哪一个港口呢?你渴望完成怎样的夙愿、取得怎样的目标呢?当小船经过风雨飘摇的旅程,终于到达目的地时,又会有怎样一番景象呈现在你面前呢?

人们的生活目标不尽相同,因此,我们可以通过三个不同的方面来看待上述问题。

如果我们所追求的目标与事业有关,那么我们会问:"我们希望获得怎样的成就呢?"

如果我们所追求的目标与成长、发展,以及个性的形成有关,那么我们会问:"我们想要成为怎样的人呢?"

如果我们所追求的目标与体验、命运有关,那么我们会问:"我们希望有怎样的人生际遇呢?"

不要以为这三个问题是互不相干的,它们之间有着千丝万缕的关系。也正是因为它们相互交织在一起,才构成了我们的生活——它们对我们的未来也起着决定性的作用。也许你想扬帆驶向北方,可前桅的大帆朝着东方,主帆则朝着南方,如同一个人,心中向往着某一个地方,行为上却朝着另一个地方,而最终决定这一切的,还有一个叫做"命运"的东西。你是怎样的人,决定你做怎样的事;你做怎样的事,决定你将变成怎样的人!

人生其实就是一个漫长的旅途,不能漫无边际、毫无目标地行走。一旦你确定了旅程的目标时,就一定要坚定地走下去。切不可思想与行为背道而驰,否则你将一如大海中孤独飘荡的小船,很难接近心中的港口。

一分钟与一小时

一天,著名教育家本杰明接到一个向往成功、渴望指点的年轻人求助的电话。本杰明答应他的所求,并与他约好了见面时间与地点。

当那个年轻人来到本杰明的住处时,他的房门敞开着,房间里乱七八糟,一片狼藉。年轻人见此情景颇感意外。

还没等年轻人开口,本杰明就招呼道:"很抱歉,请在门外等一分钟,我把房间整理一下,你再进来吧。"说着,本杰明就轻轻地关上了房门。

不到一分钟的时间,本杰明就打开了房门,并热情地把年轻人让进了客厅。这时,年轻人发现房间内的一切都井井有条,而且两杯刚刚倒好的红酒,在淡淡的香气里还漾着微波。没等年轻人把满腹的有关人生和事业的疑难问题向本杰明讲出来,本杰明就端起酒杯,客气地对年轻人说:"干了这杯酒,你就可以走了。"

年轻人一下子愣住了,他尴尬地说:"可是,我还没有向你请教呢……"

"这些……难道还不够吗?"本杰明微笑着扫视着自己的房间,亲切地说,"你进来又有一分钟了。"

"一分钟……一分钟……"年轻人若有所思地说,"我懂了,你让我明白了一分钟的时间可以做许多事情,也可以改变许多事情。"

本杰明欣慰地笑了。年轻人把杯里的红酒一饮而尽,向本杰明道谢后,开心地走了。

威尔福莱特·康在世界织布行业很有名气。在他获得了巨大的成功以后,他不由得想起了他童年的梦想——成为一名画家。小时候,威尔福莱特很喜欢画画,但是因为各种原因,他没能一直学习绘画,而是转到了织布行业。现在,他又想拿起画笔来继续他小时候的梦想,但是他又担心自己没有多余的时间和精力来练习。想了很久,最后威尔福莱特决定:每天抽出一个小时来练习绘画。

一旦下定了决心,威尔福莱特马上投入到行动当中,他每天早上5点钟起床,用一个小时来学画,画完才吃早饭。过了几年之后,威尔福莱特的付出有了回报:他举办了好几次个人画展,尤其是他的油画,受到许多人的称赞。此后,他每天都用一个小时来画画,并且把卖画所得的收入全部捐给艺术学校,用来奖励那些坚持学习绘画的学生。

有人曾经问过威尔福莱特会不会觉得辛苦,威尔福莱特回答说:"我一旦决定了每天早上5点钟起来学画,那么每天到了那个时候,我就自动醒了。通过这几年的学画,我最大的收获就是——得到了许多启发和快乐。"

在时间之流里,一分钟犹如沧海一粟;在生命的旅程里,一个小时一闪即逝。可是,我们千万不要小看了这一分钟或一小时,因为,正是这短暂的分分秒秒,决定了我们生命的质量。

当你面临两难之境时,应选择你没经历过的。于是我决定继续向前,决不做一个只会说"如果……就好了"的人。

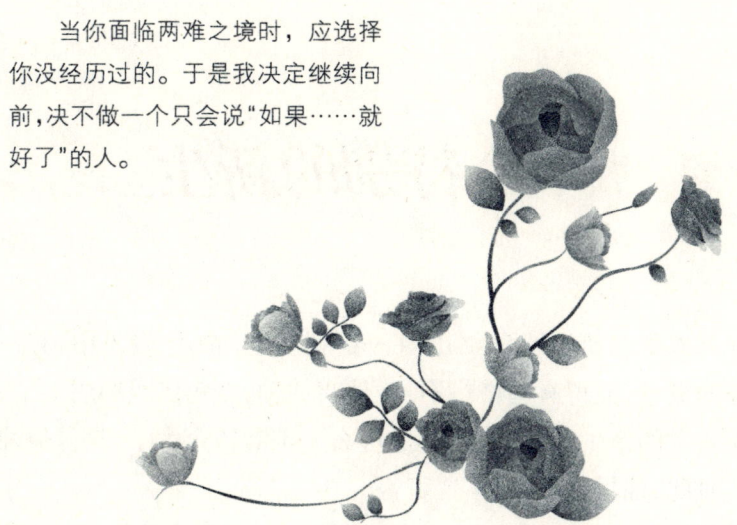

梦想的脚步

- 一个特别的新生
- 一切源于梦想
- 最高期望
- 蝴蝶梦
- 一篇标记为"F"的作文
- 我被辞退了18次
- 种橡树的老人
- 替唱歌手
- 鼻癌与梦想
- 成为自己的圣人

一个特别的新生

在某大学的新生见面会上，在一群朝气蓬勃的年轻人中，有一位白发苍苍的老者，显得有些格格不入。他叫约翰，今年已经84周岁了，他也是今年入学的新生。许多人嘲笑他这么大年龄还念大学，觉得他神经有毛病。对此，他付之一笑，不置可否。

约翰拥有一座很大的庄园，家里四代同堂，庄园现在由他的儿子经营。他的生活很富足，在很多人看来，他应该在家里享受天伦之乐，没必要与比他孙子还小几岁的年轻人一起接受挑战。对于同学们对他的好奇，约翰却郑重地回答："接受大学的教育一直是我的梦想，而现在我将它变成了现实。"

通过一段接触后，同学们都喜欢上了这个乐观热心、幽默风趣的老头。他们亲切的叫他爷爷，有什么心事都喜欢和他说，对于同学们的要求约翰也是有求必应。就连许多其他系的同学也和约翰成了好朋友。

约翰非常好学，他经常流连于图书馆和自习教室。由于基础较差，他还经常拉着其他同学认真的求教。他非常爱好运动，虽然他不能亲自下场踢足球，但他却是最忠实的球迷。而他对运动的热情和痴迷程度，就连年轻人也望尘莫及。

四年的大学生活转眼即将结束，约翰在88岁高龄获得了该校的学士学位，创造了高校史上一个新的纪录。在毕业仪式上，学校特意给约翰安排了一段演讲时间。约翰颤颤巍巍地走向演讲台，行进过程中，还差点跌倒，他尽量保持着身体平衡，表情有点尴尬地走向麦克风。"对不

起,我今天很激动,喝了很多香槟,但我不打算放弃这次发言。"约翰清了清嗓子继续说,"我想告诉你们我为什么来这里。我上学的时候已经84岁了,假如你们是18岁,哪怕是28岁,都可以什么都不做,因为你们离我这个年龄还有六十多年,而如果我整年都不做任何事,明年我就85岁了,这意味着离死亡又近了一步,我不想带着遗憾死去。我是为了梦想而来的,如果没有了梦想,也许我已经离开这个世界。年轻人要树立自己的梦想,并一定要为梦想奋斗,别让自己的人生留有遗憾。"

几年以后,约翰安详地去世了。来自他母校的几千名学生参加了他的葬礼。该校校长为约翰致悼词:"约翰不但是一名优秀的学生,更用他的实际行动感动和教育了很多年轻人,如今因受他影响而改变命运的学生都已成为各个行业的精英,他们用约翰的思想带动着更多的年轻人走向成功。约翰永久地离开了,但他的精神却在延续。"

梦想是人类一生为之奋斗的目标,是生命动力的源泉,即使在生命的最后一刻,也不应停止追逐梦想的脚步。

一切源于梦想

有人曾问过一位非常成功的商人这样一个问题:"你是如何取得如此成就的?"

商人回答说:"一切都源于梦想。我曾经放任自己的思想天马行空地去设想我想要做的事,然后躺到床上回想我的梦想。夜里,我会梦到我的梦想,早晨醒来的时候,我就会发现使梦想成真的方法。当别人对我说'你做不到,那是不可能的'时,我依然信心十足地追逐梦想。"

就像美国第二十八任总统伍德罗·威尔逊曾说过的那样:"我们因梦想而伟大;所有的伟人都是梦想家。"

在春天的薄雾里,或漫长冬夜的炉火中,每个人都能看到自己的梦想。我们之中有些人会任凭这些梦想自生自灭;但也有些人则用心培育、呵护梦想,即使在最艰苦的岁月里,他们也从未放弃过自己的梦想,直至其绽放出耀眼的光芒。这光芒永远属于那些坚定地相信自己一定能梦想成真的人。

因此,请不要让任何人偷走你的梦想,也不要让他们说服你相信你的梦想不可能实现。

唱你的歌,做你的梦,心中永远充满希望,任何时候都不要放弃自己的梦想。

最高期望

我从未见过著名棒球运动员皮特·罗斯,但他教会了我一些非常有价值的、改变了我一生的道理。在即将打破泰·科布一直保持的安打纪录那一年,皮特接受了一次采访。一名记者率先问道:"皮特,你只须再击出78记安打,就可以打破纪录了。你认为你需要多少次击球才能打出78个安打?"皮特注视着那名记者,毫不犹豫地郑重回答道:"78次。"那名记者忍不住大声叫道:"啊,你说什么,皮特?你不会是希望用78次击球就能打出78个安打吧?"

所有的记者都在焦急地等待着皮特对这个狂妄自大的说法进行解释,皮特非常平静地讲出了自己的想法:"每次上垒的时候,我都希望打出安打!如果我不想打出安打的话,我就没有资格第一个走到击球点上!如果我一上前就希望打出安打,或许就不必再祈祷第二次击球了。那是一种积极的期望,正是它使我打出了所有的安打。"

皮特·罗斯的话我感到有一点羞愧。作为一个销售员,我一直希望

完成销售定额;作为一个父亲,我一直希望成为孩子的好爸爸;作为一个已婚男人,我一直希望成为好丈夫。

事实上,我是一个还算称职的销售员,一个还不错的父亲,一个还算可以的丈夫。想到这里,我立刻意识到,仅仅做到不错是不够的!我想要成为一个了不起的销售员、了不起的父亲以及了不起的丈夫。我将自己的态度转变为一种积极向上的期望,结果令人惊异。我有幸赢得了几次销售旅行;在儿子的棒球联盟中,我赢得了"年度最佳教练"奖;我和我的妻子卡伦十分恩爱,我们必将相伴一生!谢谢你,罗斯先生!

梦想有多高,你就能飞多高。如果我们没有去追寻自己的梦想就放弃,又怎知自己飞不高呢?时时为自己设定一个最高期望值,并努力去实现,那么你就不会趋于"还可以"的行列。

蝴 蝶 梦

  珍妮是个美丽的小女孩儿,7岁时,一个民间艺术团到他们的小镇上演出,珍妮一家人去看了这场演出。整场演出差强人意,但珍妮却被其中的一段舞剧深深地吸引,尤其是剧情最后女演员化身蝴蝶飞向天空的场面,更使她久久不能平静。从此年幼的珍妮就爱上了跳舞,镇上没有专门教舞蹈的学校,她就按照电视里播放的舞蹈节目一招一式地练习,在她幼小的心灵里有一个愿望,就是自己有一天也要在舞台上跳舞,也要成为一只蝴蝶。
  就在珍妮的理想刚刚萌芽的时候,不幸却降临到她的头上。有一天她正和几个伙伴在麦田里玩耍,珍妮将麦秆塞进一只塑料瓶,将其点燃。温度极高的塑料溶液飞速滴落,烧透了她的衣服,钻进了她腿部的肌肉里。当她感觉到尖锐的疼痛时,已经挪不动步子,珍妮哭着摔倒在地上。
  当她的家人闻讯赶到时,珍妮的右小腿已经留下了两处硬币大小的伤口,她的父亲赶紧将女儿送到镇上最好的医院,却被告知这里没有治疗烫伤的手术条件,必须去几十公里以外的大医院。等到家人带着珍妮赶到大医院时,她的腿已经出现了局部水肿,气球似的越胀越大。不久她呼吸急促,高烧不退,整条右小腿几乎全部溃烂。为防止进一步感染,医生不得不切除所有烂肉,并从她双腿上削了一层极薄的皮加以包裹。一个星期后,绷带拆除。珍妮看着自己的右小腿几乎昏厥。植皮术并不成功!只有二分之一的皮瓣成活,甚至露着白森森的筋骨和肌腱。

医生说除了截肢别无他法，否则可能引起败血症和骨髓炎，导致生命危险。

珍妮含着热泪说："爸爸，我不能没有腿，我还要跳舞呢，这比我的生命还重要！"从那天开始她扶着墙练习走路。看着女儿艰难地挪着每一步，她的父母决定帮助女儿完成她的理想，她的爸爸为她做了一根拐杖方便她练习走路。她用坚强的毅力坚持练习着，重复跌倒了再爬起来的动作，她不知道流了多少汗，受了多少伤，她只知道自己一定要跳舞，所以无论有多艰难，她都要坚持下去。

在她锻炼的同时，她的家人也多方奔走、四处求医问药，然而得到的答复却是珍妮的腿已经不可能恢复正常了。但珍妮仍然每天坚持着锻炼，就这样，几年过去了，珍妮从原来只能挂着拐杖走几步路，变成能从家里走到距家几百米的小河边了。到了读书的年纪，她就一边读书，一边继续着自己的锻炼计划。

此后的几年她在老师和许多热心人的帮助下，与国外的一家著名医院进行了联系。对方被她这种坚强的信念打动，决定为她免费做手术。

那所医院先后为她实施了一系列移植术、矫正术、整形手术。当最后一次手术拆掉绷带后，珍妮穿上院长阿姨新买来的黑色舞蹈服，抚摸着腰上的蓝色蝴蝶结，喜滋滋地说："我终于可以跳舞啦。"

两年以后，在某著名的歌剧院上演一出经典舞剧，所有观众在感叹女演员精湛的技巧的同时，更被她饱含激情的表演所震撼。该剧就是十几年前珍妮第一次看的那出舞剧，而主演正是历经劫难的珍妮，她在台上翩翩起舞，她觉得她不是在演戏，而是在演自己，她自己就是那只破茧而生的美丽的蝴蝶。

即使面对巨大的艰难险阻，执著地坚持自己的梦想，永不放弃自己的梦想，梦想之花就会在你生命中绽放。

一篇标记为"F"的作文

我有个朋友叫蒙迪·罗伯茨,他在圣思多经营着一座牧场。我常会借用他的房子举办募捐活动,帮助身处困境的青少年募集资金。

在上一次的募捐活动中,他是这样向别人介绍我的:"我把房子借给杰克是有原因的。这与一个小男孩儿有关,他的父亲是位巡回驯马师,常年奔波于训练基地、赛马场、农场以及各大牧场之间。基于这个原因,男孩儿在上中学时经常转学,这使他的学业进展很不顺利。上高中时,有一次,老师要求同学们写一篇作文,内容是:长大后想当什么样的人,想做什么样的事。

"当天晚上,男孩儿用了整整七页纸来描述自己的心愿,那就是拥有一座属于自己的牧场。他详尽地描述了那座牧场的样子,并附上了一张占地二百英亩的牧场的设计图。设计图上标明了建筑物、训练基地以及赛马场的位置。他还梦想着在这片广袤的牧场中心建一座四千平方米的豪宅。

"男孩儿把作文交给了老师。两天后,他取回了作文,在第一页上,有一个很大的'F'标记和一句话:'下课后来见我。'

"下课后,男孩儿带着疑惑找到老师问道:'您为什么给我不及格?'

"老师回答说:'你还是个小孩子,这种梦想完全不切实际。兴建一座牧场并不是件易事,首先,购买田产需要用钱;其次,购买种畜以及饲养马匹更需要大量的资金。而你,既没有任何资助,又居无定所,所以,这根本是个无法实现的梦想。如果你能回去写一篇更符合实际的作文,

我可以重新考虑你的分数。'

"回到家后，男孩儿将老师的话反复思考了很长时间，最终决定向父亲寻求帮助。他把事情的经过讲给父亲听，父亲对他说：'儿子，我认为这件事应该由你自己做决定，而且，这个决定对你来说十分重要。'

"一周后，男孩儿再次交上了自己的作文，不过，内容却没有任何改变。他对老师说：'你可以判我的作文不及格，但我绝不放弃自己的梦想。'"

蒙迪停了一下，看了看周围的人，接着说道："我之所以给大家讲这个故事，是因为你们此刻正坐在一间四千平方米的房屋中，而房屋周围，正是作文中提到的那座面积为二百英亩的牧场。直到今天，我依然保留着那篇中学时写的作文，并且把它镶在镜框里，挂在壁炉的上方。"他又补充道，"故事最精彩的部分就是，两年前的夏天，我的高中老师带着30个孩子来到我的牧场。他们在这里举办了一个为期一周的夏令营活动，在他们即将离开的时候，那位老师对我说：'应该说，在你还是个学生的时候，我是个偷窃梦想的人。那些年里，我盗走了许多孩子的梦，幸运的是，你有足够的勇气，没有丢掉自己的信念。'"

因此，不要让任何人偷走你的梦想。无论你的梦想是什么，请相信自己！

一个有所成就的人，不但要具备过人的能力，还要具备非凡的勇气，以及不屈不挠的精神。如果说，梦想是驶向成功的小船，那么能力就是船桨，勇气就是船帆，精神则是船舵。只要我们具备了这三个条件，就能顺利地驶向成功的彼岸。

我被辞退了18次

有这样一个女孩儿,她的梦想是当一名电台主持人,她也在为这个目标不断努力着。但是,当时美国的大部分无线电台都认为女性不能吸引观众,没有一家愿意雇用她。遭到无数次的拒绝后,她来到了位于加勒比海地区的波多黎各,希望能在此地有个好的开始。

但是,波多黎各的主要日常用语是西班牙语,为了熟练语言,女孩儿又花了三年的时间。此后在波多黎各的日子,她不断地学习着、尝试着,始终不放弃自己电台主持人的梦想。有一次,一家通讯社拒绝派她到多米尼加共和国采访一次暴乱事件,她就自己凑够旅费飞到那里去,完成了她主持生涯前期最重要的一次采访,然后把自己的报道出售给电台。

以后的日子里,她在美国各个电台间辗转,不停地被人辞退,有些电台指责她根本不懂什么叫主持,甚至纽约的一家电台告知她,她根本跟不上时代,那也是她第18次被辞退的理由。

受到那么多打击,女孩儿却并没有因此而灰心丧气。她在总结了失败的教训之后,又向一位国家广播公司的节目负责人推销她关于创办倾谈类节目的构想,并得到了该负责人的首肯。但是,那个人不久后就离开了广播公司。后来,她碰到该电台的另一位负责人,再度提出她的构想,虽然他也夸奖那是个好主意,但是不久后就突然对此不感兴趣了。最后她说服第三位负责人雇用她,此人虽然赞同她的构想,却要她先去主持一个政治主题的节目。

女孩儿对政治所知不多,为此曾一度犹豫,但坚定的信念促使她大胆去尝试。1982年夏天,她的节目终于开播了。凭借着对广播的驾轻就熟,她利用自己的长处和平易近人的作风,大谈即将到来的7月4日国庆节对她自己有何种意义,还请观众打电话来畅谈他们的感受。听众立刻对这个节目产生兴趣,她也因此而一举成名,所主持的节目也成为全美最受欢迎的政治节目之一。

这个始终不放弃自己的梦想,终于获得成功的女孩儿,叫莎莉·拉菲尔。此后,她成为电视台节目的主持人,还两度获得全美主持大奖。无论她到哪个电视台,都会带来巨大收益。曾经,在美国、加拿大和英国,每天共有800万观众收看莎莉·拉菲尔的节目。

"我被人辞退了18次,本来大有可能被这些厄运所吓退,做不成我想做的事情,"回顾这段经历,莎莉·拉菲尔说,"结果相反,我让它们鞭策我勇往直前。因为我深信,上帝只掌握了我生命的一半,我越努力,在我手中掌握的这一半就越大,我相信终会有一天,我会赢了上帝。"

失败者与成功者的最大区别,就是失败者总是把每次挫折当成失败,逐渐失去再次战斗的勇气;而成功者,却从不言败,面对挫折总是当做暂时的失利,始终持有追求胜利的勇气。

种橡树的老人

曾有一个年轻的旅行者在法国的阿尔卑斯山区进行探险。他来到了一片辽阔的荒地,那里非常荒凉、阴森、险恶,让人一刻也不想停留。

突然间,年轻的旅行者停下了脚步。他发现在这片一望无际的荒地间,有一个弯腰弓身的老人。背上背着个大袋子,手中拿着一根四英尺长的铁管。

老人正用铁管在地上打洞,然后他从袋子里取出一颗种子放在洞里。老人告诉旅行者:"我在种橡树,现在已经种下了十万多颗橡子,也许其中只有十分之一能生根发芽。"老人的妻子和儿子都已经过世了,这是老人选择用来度过余生的方式。老人说:"我只想做一些有益的事。"

25年之后,已不再年轻的旅行者又回到了那片荒凉的地区。眼前的一切使他大吃一惊,他无法相信自己的眼睛——那片土地已经被方圆10平方英里的森林所覆盖。林中的鸟儿在歌唱,动物在嬉戏,空气中充满了野花的芬芳。

故地重游的旅行者站在那里,回想着这片土地原来的荒凉景象,而现在,这里已经是一片美丽的橡树林了——这一切都只因为有人愿意去做。

生命的意义就在于创造奇迹。有理想的人不管面对何种艰难困境,都能以坚强的毅力实现它。正所谓:没有做不成的事,只有不想做的事。

替唱歌手

　　安娜出生于美国的一个小镇,她的父亲以摆摊贩卖水果为生,在17岁前,她没有出过小镇一步。但她心中一直有个梦想,就是成为一名歌手。她酷爱流行音乐,并天生拥有一副好嗓子,她在小镇上是有名的流行天后,然而她的志向不仅限于此。她的父亲开始时觉得她的梦想虚无缥缈,劝她脚踏实地卖水果,有时强行将她关在家里。而安娜则千方百计地出去练歌。

　　一个偶然的机会,安娜看到报纸上洛杉矶的一家唱片公司招聘工作人员。于是安娜不顾家人反对,毅然来到了洛杉矶。由于安娜天真可爱且具有吃苦耐劳的精神,她轻易地成了该唱片公司的一名杂工。

　　不久之后,由于安娜的善解人意、乐于助人,她被某个公司聘为力捧的明日之星的助理，专门负责该明星的衣食住行。通过一段时间的相互了解，安娜知道由于这个明星本身的声音条件太差，公司打算给她找一个替身，而明星也知道安娜喜爱唱歌，并且非常欣赏她的演唱，于是将她推荐给公司。公司本来不信任这个青涩的小姑娘，但制片方听了她的演唱后，为她的美丽音色所折服，决定用她做替身。

明星开演唱会的这天，观众将整个剧场挤得密不透风。安娜第一次在现场看到这么多的观众，而这些观众都是为听她唱歌而来的，不免有些激动。她想虽然是在幕后演唱，毕竟也算实现了自己的梦想。正式演出时，却发生了一个意外，由于工作人员的失误，把后台替唱的安娜和明星同时展现在了观众面前。观众先是有一种被骗的感受，继而被安娜深情的演唱所打动，演唱会虽然以闹剧形式结束了，但安娜的演唱却以真挚的感情和富有磁性的音色深深地打动了现场的每一位观众。

从此以后，安娜正式成为一名签约歌手进入乐坛。她终于通过自己的不懈努力圆了自己的明星梦。

每个人都有梦想，却不是每个人都能坚持实现梦想。追求梦想的过程是艰辛的，但梦想实现的那一刻带给人的享受是任何事情都无法比拟的。

鼻癌与梦想

艾伦和伯里斯既是同事又是好朋友，还都喜欢旅游，关系十分亲近。有一次，他们都觉得鼻子不太舒服，于是两人一起到医院检查。医生给他们做了化验，让他们过几个小时来取结果，于是两人就在医院走廊的椅子上坐了下来。艾伦对伯里斯说："如果我得了鼻癌，就不治了，马上出去旅行，首先去罗马，那是我一直想去的地方。"伯里斯说："是啊，如果我得了鼻癌，我也痛痛快快地去旅游。反正活不了多久了，与其在医院耗费时间，不如走遍世界，游览天下奇观。"不一会儿，化验结果出来了，艾伦不幸得了鼻癌，伯里斯则很幸运，得的只是普通鼻炎。

伯里斯听从了医生的建议，住下来治疗。艾伦则拒绝了医生让他住院的建议，跟伯里斯道了别就离开了医院。艾伦回家后，马上把自己想要做的事情列出了一份清单：先去意大利的罗马；再去希腊；到埃及开罗，在金字塔下拍照留影；到格陵兰岛感受一下北极之冬；坐船沿地中海而行，欣赏沿岸的美景；进行一次海上航行，体验一下惊涛骇浪的感觉；听一场音乐演奏会；读一些著名作家的作品；把自己畅游世界的经历写成一本书等等，共有几十条。这份计划几乎囊括了艾伦的全部人生梦想。最后，艾伦写道："我这一生还有许多的梦想没有实现，我打算用剩下的这些日子来做完这些事情，这样，当我离开人世的时候，就不会觉得遗憾。"

艾伦很快辞去了工作，踏上了他实现梦想的行程。接下来的几年里，艾伦的梦想一一实现了，他看到了许多美丽的风景，读了许多的书，

与许多的人成为朋友,有了许多的体会,他把这些体会写了下来,有个朋友看了,决定来帮他发表。

　　伯里斯治好鼻炎后就出院了。一天,他无意中在杂志上看到了艾伦写的一篇文章,他觉得很惊讶,就给艾伦打了个电话,想问问他这几年过得怎么样。艾伦兴致勃勃地说:"我真应该感谢这个病,不是因为它,我根本不会下定决心去做这些事情,甚至可能我这一辈子都不会去做。这几年的经历,让我懂得了一个道理:如果我们想做什么事情,就抓紧时间去做,不能一拖再拖,这才是真正的人生啊!你呢?最近过得怎么样?"伯里斯无话可说,他默默地放下了电话。因为他得的是普通鼻炎,不用担心自己活不长久,那天在医院里跟艾伦说过的话,早就被他抛到九霄云外了,而他也在无所事事和庸庸碌碌中渐渐失去了生活的目标。

　　我们总觉得来日方长,任凭自己一天天地怠惰下去。其实,谁也不知道生命会在何时结束,因此,我们应该紧紧抓住生命中的每一天,努力地去实现我们的梦想,只有这样,当我们离开人世时,才不会因为这一生碌碌无为而遗憾。

成为自己的圣人

我9岁的时候,住在美国北卡罗来纳州的一个小镇上。

一个偶然的机会,我在一本儿童杂志的背面看到一则招聘明信片推销员的广告。我对自己说,我一定能做好这份工作。于是我恳求妈妈让我去试试,妈妈开始不同意,说这是大人做的事情,我一个小孩儿别人怎么会相信呢。后来,经不起我的再三请求,妈妈终于同意了。我高兴极了,连忙叫人去取全套推销品。两个星期后,货物送来了,我兴奋地一把撕下货物外面的牛皮纸,冲出了家门。3个小时后,我的卡片已经销售一空,而兜里则装满了钱。我得意地跑回家,大叫着:"妈妈,所有的人都迫不及待地想要买我的卡片!"就这样,一个真正的推销员诞生了。

我12岁的时候,父亲带我去听齐格·齐格勒先生的演说。至今我仍记得当时坐在幽暗的礼堂里听着齐格勒先生的销售学演说的情景,他那极具魔力的演讲把每个人的热情都调动起来了。我离开的时候,只觉心中豪情万丈,浑身充满着力量,似乎什么事都难不倒我。上车时,我转过身来认真地对父亲说:"爸爸,我也想像齐格勒先生一样。"父亲惊诧地望着我,问我的话是什么意思。我回答说:"我想做一个像齐格勒先生一样的演说家。"从那天起,我的梦想诞生了。

大学毕业后,我进入一家公司做小职员。因为在销售上的资深经历以及心中不灭的梦想,我很快就跃入公司的管理层。紧接着,我被聘用到一个拥有百家公司的财团工作,从一个销售培训者一直做到地区销售经理,正当我的事业如日中天之时,我却选择了离开。许多人都颇感

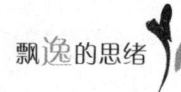

惊讶,他们无法理解为何我在收入已达6位数的时候选择离开。当我告诉他们,我的离开是因为现在到了我实现自己梦想的时候了,他们很不解,问我:"仅仅为了一个小小的梦想就不顾一切地去冒险,值得吗?"我没有回答,我不知道是否值得,我只知道,近些年来,当我鼓励别人去努力实现自己的梦想的时候,自己开心无比。

我是在参加了一次公司组织的地区销售会以后,才决定辞去自己原本稳定的工作,去开办自己的公司的。确切地说,是我们公司副总裁的一番讲话,改变了我一生的命运。他问我:"如果一个圣人会满足你三个心愿,那么你希望能够得到什么?"他让我把那三个愿望写在纸上,然后问道:"你为什么会需要一个圣人呢?"我永远无法忘记他的话给我带来的震撼。

是的,我为什么需要一个圣人呢,我自己就可以成为自己的圣人。现在到了我实现自己梦想的时候了。我已有了毕业文凭、成功的销售经验、无数次的演讲经历,还为一家拥有百家公司的财团做过销售培训和管理工作——所有这一切,都已为我所做的决定做好了准备。是的,不需要圣人的帮助,我也可以成为一位出色的演说家。

当我满含热泪告诉老板我的计划时,这个我十分敬重的杰出企业家鼓励我说:"勇往直前吧,紧紧追随你的梦想,你一定会成功的!"

事实上,追梦的过程远非想象的那样顺利。刚刚下定决心的我,就遭受了严峻的考验。我辞职的一星期后,丈夫就失业了。而我们最近刚买了新房,需要双份收入才能保证还清每月的房屋贷款。现在,我们已沦落到一分钱的收入都没有的境地了。我曾想过回到原来的公司,我知道他们仍需要我,但我也知道,一旦回去,就再不能离开了。就在我举棋不定时,我想到了一个哲人的名言:当你面临两难之境时,应选择你没经历过的。于是我决定继续向前,决不做一个只会说"如果……就好了"的人。从那天起,一个演说家诞生了。

我紧紧追随着自己的梦想,甚至在最艰难的时期也没有放弃。经过了最初的磨难后,终于,奇迹出现了。不久后,我的丈夫找到了一份更好的工作,我们没有拖欠一个月的房屋贷款。我也开始有客户预约演说。就这样,我发现了梦想令人难以置信的力量,这也更加强了我追求梦想的信念:我要把梦想的力量传递给天下所有追梦的人。

虽然我热爱过去的工作和我的那些同事,也热爱我离开的那家公司,但是,为了实现梦想,我不得不离开。为了庆祝成功,我请了一位当地有名的艺术家把我的新房子漆上油彩画,上面的图案是一座花园,一只美丽的蝴蝶正展翅飞翔。在墙壁一侧的顶端,写着这样一句话:这个世界永远属于有梦的人。

树立理想很容易,也许只是一闪念之间,但实现理想,也许经历许多波折,要花费很长,甚至是一生的时间。一旦我们确立了自己的理想就不要轻易放弃,只有这样,我们才能拥有感受到成功喜悦的那一天。

我的记忆回到了高中毕业时，一滴眼泪突然滚落下我的面颊。我看到露天看台上坐满了家人和朋友。我看见了充满自豪的父母，并看向他们身旁，寻找着卡蒂和凯文。

浓浓的情意

- 我可以叫你妈妈吗
- 追忆姐姐
- 跟我跳舞吧
- 圣诞节前八天
- 承担或者放弃
- 最后一支舞
- 歌唱的奇迹
- 一件旧大衣
- 父亲的忏悔
- 礼物
- 一把小提琴
- 一张唱片
- 祝你生日快乐
- 养子

我可以叫你妈妈吗

在我11岁那年,母亲不幸去世了。父亲在孤独地过了两年之后,认识了爱丽斯。几个月之后,他们结婚了。

父亲再次找到了他的幸福,但是对于我来讲,我的童年像是在突然之间消失了。我的家里闯进了另外一个女人,我的母亲已经去世了,但转眼我又多了一个继母。或许是因为对母亲的怀念,我从一开始就排斥爱丽斯。那时候,我总在做梦的时候梦到一首古老的歌《你永远不会独行》。我确信,那是在另一个世界里的母亲唱给我听的。我是多么希望母亲能够从梦里走出来,让她知道我现在是多么孤独,多么需要她。

一天,我无意中听到父亲问爱丽斯:"你想让孩子叫你妈妈吗?"不知为什么,我潜意识里希望她说"是"。爱丽斯迟疑了很久,说:"我想还是不要,那样不好。"我想起祖母曾经说过的话:血浓于水。从这一刻起,我对这句话有了深刻的理解,继母的回答更加证实了这一点,虽然在外面她说我是她的女儿,但是我和她没有任何血缘上的关系。

从这以后,我和爱丽斯更加疏远了,我不在她面前表露任何心中的想法,脸上总是冷冰冰的,一副拒人于千里之外的样子。但不论我怎样,

爱丽斯从没有批评过我。

我经常去母亲的墓地,在她的墓前待上半天,告诉她我心里的寂寞和孤单。母亲的墓前总是盛开着鲜花,我知道,那是父亲放在那里的。

我14岁的时候,爱丽斯生了一个男孩儿,我多了一个小弟弟。我喜欢在摇篮边上看着他红嫩的脸蛋,小家伙也经常伸出胖乎乎的小手,抓住我的手指往嘴里塞。我忽然之间有了一种想抱抱他的冲动。我抬起头,看着爱丽斯。显然,爱丽斯读懂了我的意思,她轻轻地抱起孩子,把他放在我怀里。一瞬间,我感觉我和爱丽斯之间的距离好像拉近了很多。但我们真正融洽起来还是在圣诞节那天,爱丽斯送了一个礼包给我。我打开看时,不由得惊喜地叫出声来,那是我一直想买的一件咖啡色的羊毛衫和一条黑色的裙子。我知道爱丽斯一定跑了很远的路,第一次对她生出了感激之情。就这样,我们慢慢成了朋友。

一个周末,我无意中听到爱丽斯对我的姑妈说:"我并不想强迫孩子叫我妈妈,琳达永远是她的妈妈,这是琳达的权利,没有人能够剥夺。"我心里一愣:原来是这样,难道当初她并不是不想让我叫她妈妈?难道是因为她不想剥夺母亲的权利?

许多年过去了,我自己也结婚成家,做了别人的妻子。爱丽斯把我和丈夫看作她自己的孩子一样,在我怀孕期间,她不辞辛劳地照顾我,想尽办法为我减轻痛苦。生完孩子,我和丈夫搬到郊区居住。但几年后发生了一个悲剧,我的孩子安吉在游泳时溺水身亡。那天黄昏,爱丽斯赶到我这里,把我紧紧地抱在怀里,眼睛里噙着热泪。

葬礼结束后的几个月里,我不知道是怎样度过的,我的天空一片昏黑,有时甚至想一头扎进水里,永远不再起来。每个星期五,爱丽斯都会开4个小时的车到我家来,她陪我一起去墓地,陪我一起落泪。我说话的时候,她就静静地听着;我不想说话的时候,她就陪我静静地待着。这样的日子断断续续地持续了好几个月。在爱丽斯的关怀下,我的生活慢慢恢复了正常。

不久后,父亲去世了,把我一个人留在这个世界上。我被接二连三的噩耗给打蒙了,我本能的反应就是我需要爱丽斯。但是新的担忧接踵

而来:父亲是连接我和爱丽斯之间的纽带,现在这个纽带断了,我感觉好像我和爱丽斯之间出现了一道裂痕,她和我毫无血缘关系,她的家再也不是和父亲的共同的家。祖母一向认为血浓于水,爱丽斯难道不会这样认为吗?我的心被巨大的恐惧攫紧了,我感到了前所未有的孤独。

我呆呆地站在父亲的墓地前,不知所措。"苏珊。"朦胧中,我听见一个声音叫我,我一下子反应过来——是爱丽斯。她来到我身边,把我揽在怀里。我像一个被遗弃的孩子,在她的怀里放声大哭。"亲爱的,别伤心,你父亲现在正和你母亲在一起。"爱丽斯安慰我道。"是的,"我点点头,"以前他只能把花放在墓地。"

爱丽斯花了很长时间,才让我从痛苦中解脱出来。这天,我带着鲜花来到母亲的墓地,想告诉她我已经恢复了生活的信心。但让我惊讶的是,母亲的墓前依然摆放着鲜花,就像我以前看到的那样。我这才知道,是爱丽斯,是她一直在默默地祝福着我的母亲。我恍然大悟:祖母的话并不正确,她不知道,血和水本来就是不能分开的。

后来,我问爱丽斯:"我可以叫你妈妈吗?"爱丽斯的脸上洋溢出幸福的笑容,我看到她的眼睛里涌出了泪水,她哽咽道:"孩子,这是我的荣幸。"

感人心者,莫先乎情。爱丽斯用她对孩子真挚的爱,感动了孩子稚嫩的心灵,融化了孩子心中的冰雪。

追忆姐姐

  我紧闭双眼。光亮消失了,我打开了思想的闸门。一幅幅画面像老电影一样,闪现在我的脑海里。

  我想起了第一次独自开车回家时的情景。现在,画面继续向前推进,我看到了自己走上台,去领取我的大学文凭。又过了几年,我听到我的未婚夫说"我愿意"。我看向更远的地方,去听我的孩子在幼儿园里发出的欢笑声。当过去的记忆和未来的思绪在我的灵魂里穿梭的时候,一张微笑的脸庞悄悄浮现了出来。

  我的记忆回到了高中毕业时,一滴眼泪突然滚落下我的面颊。我看到露天看台上坐满了家人和朋友。我看见了充满自豪的父母,并看向他们身旁,寻找着卡蒂和凯文。然而,卡蒂,我的姐姐,她不在那里。

  我突然睁开双眼,回到了现实中来。我记得自己是在十年级的一堂西班牙语课上被叫出来,到医院去与罹患癌症的卡蒂见最后一面。这真是一件折磨人的事,但在卡蒂令人伤感地离开人世后的那段日子里,我发现了积极美好的一面。

  卡蒂是在一个星期五被用担架抬进急诊室的,她的房间里仍与她离开时一模一样。她的詹姆士·迪恩的海报贴在一面墙上;她小学时的分班丝带和几个精美的面具挂在另外几面墙上;她的床铺非常整洁,上面摆着几个毛绒玩具——她是那种很典型的女孩儿,如果她去邋遢的朋友家里,会毫不犹豫地用吸尘器为她们打扫房间。

  卡蒂去世时,刚刚成为迈阿密大学的一年级新生才不过几周。18岁

的她有着5英尺5英寸的身高,一头金色的披肩直发,一双大大的蓝眼睛和苍白得近乎透明的皮肤。在中学的高年级时,卡蒂是学校拉拉队的队长,也是毕业致辞代表。

然而,更为重要的是,她是我最好的朋友。她在6岁的时候,就宣布自己已经长大,可以照顾她的小妹妹和刚出生的弟弟,因为她认为我们的妈妈照顾不过来所有的孩子。这种关怀的心态贯穿了她生命的始终。卡蒂总是为我编辫子,带我去商店。当我感到孤独和烦闷的时候,她让我和她一起去她的朋友那里玩。凯文的学习成绩不好,每当他做作业需要帮助时,卡蒂总会辅导他。她会不厌其烦地教他,直到他做对为止。然后,她会带他去吃冰激凌,作为奖励。毫无疑问,卡蒂并不只是我们的姐姐,她也是我们的老师、朋友和第二个妈妈。

卡蒂的身边总是有许多好朋友。对于有困难的人,她常常会用心聆听他们的倾诉,并向他们敞开怀抱。那时,家里的电话铃声一直不断地响起,她的房间里也总是挤满了人。现在,家里一片沉寂。

我知道,落入消沉的池水中,最后的结果只能是沉溺其中。我要学会在生活的绝境中看到积极向上的一面。我现在有父母和弟弟,他们就是我的一切。我知道什么才是生活中最重要的东西,它绝不是没完没了

的聚会和取得一个又一个优异的成绩。重要的是,我知道我能从容面对任何问题。生活并不是一帆风顺的,但我已越过了其中最艰难的一道坎。

我相信,死亡最令人痛苦的地方,是它所带走的那些美好的经历。当我最终获得大学文凭时,卡蒂不能为我鼓掌了;在我结婚的时候,她也不能对我提出忠告了;我的孩子也只能听到他们的阿姨在少女时期讲过的那些真实的和想象出来的故事。

我紧闭双眼。

我的手中拿着毕业证书;"我愿意"的声音回响在远处。就在那个下午,卡蒂说她爱我,并紧紧地拥抱了我。就在走上中学礼堂舞台之前,我向看台上的观众席上看去,看到了妈妈、爸爸和凯文。

卡蒂就坐在他们右边,她正在鼓励着我。

失去亲人的经历让人痛苦,如果一直沉浸在回忆之中而不能自拔,只能使自己更加的痛苦,也不是对死者的追忆。何不将脉脉亲情化作生活的动力,让离去的人更加安宁,让自己活得更加精彩。

跟我跳舞吧

年轻的时候,我们总是梦想着能得到真爱和满足,也许还憧憬过在洒满月光的巴黎,或者日落时分的海滩漫步。没有人告诉我们,生命中那些最美好的时光其实是毫无征兆的,它们几乎总是在我们不经意时悄然来临。

不久前的一天,我正在给7岁的女儿安妮讲睡前故事的时候,忽然感觉到她正在专注地凝视着什么。原来她正以一种出神的、着迷的表情凝视着我。

很明显,读完《大胡子塞缪尔的故事》并没有我们最初想象的那样重要。

我问她在想什么。

"妈咪,"她细声细气地说道,"我忍不住要看你漂亮的脸。"

那一刻,我都快要融化了。

她并不知道自己那句真诚的、充满爱意的表白在接下来的几年里帮我度过了多少艰难的时刻。

不久之后的一天,我领着4岁的儿子萨姆去一家高档商场。在那里,一首经典爱情歌曲将我们引领到一位正在演奏钢琴的、穿着礼服的音乐家身旁。我和萨姆在旁边的一条大理石长椅上坐了下来,他好像和我一样,也被这轻快的旋律给迷住了。

我没有注意到萨姆已经在我旁边站了起来,直到他转过身来,用他的那双小手捧起我的脸,说道:"跟我跳舞吧。"

那些在巴黎的月光下漫步的女人,又怎会知道被一个脸儿圆圆、乳牙未脱的小男孩儿邀请所带来的这种快乐呢?当我们在开阔的大厅里滑步、旋转的时候,尽管许多购物者或毫不顾忌地笑出声来,或莞尔一笑,或对我们指指点点,我仍要和这位充满魅力的年轻男士共舞一曲。即使给我整个宇宙,我也不会去交换。

儿女们对父母的每一句关爱的话语,每一次爱意的表达,都会让父母激动不已。对父母来说,来自孩子的纯真的爱是弥足珍贵的,这使他们即使为之付出一切也在所不惜。

圣诞节前八天

我的人生是从什么时候开始的?事实上,我必须要说,它是在我9岁那年的圣诞节前八天开始的。或者更确切地说,是在我9岁半的时候。对于一个想要赶快长大的孩子来说,那额外半岁的意义非同小可。我清楚地记得那天发生的一切。我的思想就像一台录像机一样,可以对那一天的任何时刻进行播放、倒退、快进和暂停;但遗憾的是,我无法阻止它发生。

哦,是的,对一个渴望尽快放学的小男孩儿来说,那天的开始就像任何平常的一天一样。

我不记得那天的天气是怎样的了——这似乎是乏味的、无关紧要的细节。但我要说的是,那一天在我眼里是不幸和痛苦的,是我一生中最黑暗的日子——我永远失去了最可爱的妹妹。

一放学,我与妹妹萨拉就在自行车棚会合。她比我小两岁,长得非常可爱。我们住在离学校两英里的地方,前一年我们还走着回家,因为通往我们家的公路上没有人行道,今年我们改骑自行车上学。我们的父母都是全职工作者。所以没有时间接送我们,但对我们来说,骑自行车上学、放学并不太累,那更像是成长过程中的必修课,而且很有趣儿。

你必须了解,我们需要尽快地赶回家。圣诞节越来越近了,我们确信,父母的房间里很可能藏着许多还没包装的礼物。我们的目的就是在父母回来之前到家。我和妹妹都是这种胆大妄为的孩子。嘘!这已经不是第一次了。

总之，我们飞快地骑着车，经过了许多城市里新崛起的住宅，新的宾馆和超市也几乎每天都在出现。有许多次，我们都看到一辆缓慢行驶的旅游巴士，上面载满了渴望在这里挥金如土的游客。至于他们把钱花在什么地方，我不知道。皇家棕榈滩就是当时新兴起的景点。

在我们到达目的地之前，一个面带笑容的交通警察默默地把我们领过了最后一个十字路口。又过了4个街区之后，我们肩并肩地等着车流缓下来，然后就可以回到街对面土路上的家了。再过两分钟，我们就可以有机会偷看到礼物了。

我不知道我的眼睛在看向哪里，但我确实看到了那辆白色的大货车。那是我们可以过街前从我们面前经过的最后一辆车。我看了看萨拉，她正凝神看着公路反方向的什么东西。就在那时，我发觉她的脚正在向前蹬着车。

"萨拉，不要！"我用尽全力地尖叫道。但她已经到了逆行道上，几乎就要穿过街道了。一阵尖利的急刹车声！我妹妹没有转过头来。我看到她从自行车上飞出，落到了几英尺外粗糙的人行道上。

"萨拉！萨拉！"

白色大货车的司机迅速跳下车来，他重重地关上车门，身体紧紧地贴在车的一侧，并用拳头猛砸着车。我看到妹妹毫无生气地躺在那里，她一动都没有动过。

"我要去找我的父母！"我对司机大声喊着，根本不知道自己应该怎么办。他看了我一眼，但什么也没有说。我沿着那条旧土路飞快地向家中跑去，只怕连印度豹都不敢想过有那样快的速度。我一边跑一边大声喊着:"妈妈,爸爸!妈妈,爸爸!"我们家是右数第5所房子,那是一所矮小、简陋的房子,坐落在一个大斜坡上,占地约有两英亩,房前有一个漂亮的池塘。

沿着街道才跑到一半,我就看到前门开着,我的妈妈正在以手抚胸。

"萨拉出车祸了!萨拉出车祸了!"妈妈听了猛地跳下了台阶,穿着拖鞋噼里啪啦地沿着街道飞快地跑过来,比我穿着网球鞋跑得还快。她从未以那种绝望的眼神看过我或其他任何东西,她只想看到自己的女儿还活着。

我继续向家中跑去。我的父亲正站在走廊上,我不知道他为什么站在那里。我又重复了一遍萨拉出车祸的消息。他缓缓走向电话,开始拨号。只拨了一个号之后,他突然问我:"这不是开玩笑吧?"

片刻之后,我被一个邻居领去了她家,而爸爸则去追妈妈了。我非常想知道到底发生了什么事。我本应该与妹妹在一起的,她是我最好的朋友。大约半小时之后,我妈妈的一个朋友来把我接走了,她的女儿和我一样大,是我和妹妹的朋友。

在她家,我几乎一直都在看电影《永不结束的故事》,但大部分时间我都在独自一人哭泣。然后,克莱默太太来对我说该回家了。她看起来非常疲倦,她的女儿也在歇斯底里地哭着。我感到非常烦闷,没有人告诉我任何消息,我只想去看我妹

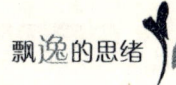

妹,并确定她安然无恙。她一定会好的,对此我一分钟都没有怀疑过。

克莱默太太在把车开上车道一半时停下了车,让她的女儿去她家前院的玫瑰花丛中摘一朵玫瑰。这样做了之后,她哭得更凶了。

当我们终于回到我家时,那里到处都是人——朋友、邻居、家人,还有警察。父亲搂着我的肩,把我领到房前的一个木秋千上。他坐在我的身旁,没有任何前奏或解释地对我说:"蒂姆,你妹妹死了。"

是的,我的人生就是从那一天——圣诞节的前八天开始的。它改变了我对许多人和事的看法。圣诞礼物不是生活中最重要的事物——家人和朋友才是。我珍惜并尊重我所度过的每一天。我提早懂得了这个道理:一定要让你所爱的人知道你爱他们。

后来,每当我想起妹妹和那可怕的一天的时候,我仍会忍不住落泪。她的许多事我都不记得了,我甚至已经无法在脑海中描绘出她的样子,但有一点我却是确定无疑的——我知道我爱她。

我们在生活平静的时候,总会对一些东西有所选择,多数人会选择物质,而淡漠了亲情。然而,当我们面对失去亲人的时候,我们会忽然觉得我们已经忽略了陪伴自己的家人。那么你是否应该进行反思,究竟什么才是重要的。无论快乐还是忧伤,与你分享的总是你的家人,没有亲情,生活会变得毫无意义。

承担或者放弃

第二个孩子流产之后,姐姐凯茜得知自己又怀孕了,这令她感到非常兴奋。我的姐姐有一个5岁的儿子,他非常渴望有一个小弟弟或小妹妹。但这次怀孕很快又变成了一场噩梦。

怀孕23周的时候,凯茜就开始出现严重的呕吐和子宫收缩现象。由于害怕会再一次流产,她立即去看医生。医生对她的身体进行了检查,然后告诉她说,一切正常,只是"心理恐惧"罢了。回家后,她可以继续做家务和进行一切正常的活动。

12月31日,这个致命的新年前夕,就在看过医生几天之后,凯茜刚刚度过怀孕的第24周,就不得不叫来了救护车——凯茜出现了剧烈的产前阵痛。躺在飞驰的救护车后面,听着警报器的呼叫声,她所能想到的就是"什么时候才能从这个噩梦中醒过来"。

凯茜被送到了温斯顿·萨勒姆市的浸信会医院,那是最近的医院,而且那里的医生和医疗设备能够处理这种紧急情况。医生说,她受到了严重的感染,如果进行剖腹产,胎儿存活的机率会更大一些,但那样就有可能使感染扩散到她的全身,她的生命就会有危险。她也可以进行自然分娩,但由于胎儿太小,在生产的过程中一定无法存活。凯茜选择了剖腹产,她宁肯自己冒生命危险,也要保住孩子。

医生首先告诉凯茜的是,她怀的是一个女儿,这个孩子非常小,只有1磅8盎司重,13英寸长(和芭比娃娃一样高),而且她的肺部发育不完全,不能自己呼吸。

这个婴儿活下来的几率几乎等于零,她甚至可能都活不过当天晚上。如果能平安度过当晚,她也只有不到10%的存活几率。即使能够活下来,医疗费用也将会是一笔天文数字,情感上的疲累也是令人难以忍受的。此外,这个孩子还极有可能有严重的智力缺陷,她的一生中将要比大多数孩子面临更多严峻的考验。现在医生对我姐姐提出的问题就是:"你是想让我们尽力去做,还是什么都不做?"换句话说,我们可以切断胎儿的生命来源,任其自生自灭,但必须征得你的同意。然而在听了那么多令人气馁的话之后,凯茜仍然对他们说,要尽一切可能来挽救她的孩子。在经历所有的一切之后,她怎么能放弃这个幼小的生命呢?

我想,那第一个晚上一定显得极其漫长。我们在方圆60英里内的每一座教堂内祈祷着,而且每次都要进行一分钟。到了第二天早晨,小伊丽莎白·尼科尔·黑尔仍然活着,她在顽强地挣扎求生。然而,医生们依然悲观地告诉凯茜不要抱太大希望,伊丽莎白的存活几率仍然不到10%。

面对现实,凯茜必须把孩子留在婴儿室里,开一个半小时的车回家去照顾她的丈夫和5岁的儿子。她尽可能地到医院来,但每周也只能来两三次。然而,她每天都要往医院打七八次电话。她的第一份电话账单几乎等于她整个房子的长度。那没有问题,钱是她最不担心的事。

对伊丽莎白来说,第二个主要问题是,在她两周大的时候,医生发现她有心杂音,而且无法自行消除。伊丽莎白的体重已经下降到1磅4盎司,她太瘦小了,无法对她进行麻醉,但却又必须使她的小身体麻痹,这样才能给她施行心脏手术。我们的心又一次悬起来,直到我们发现伊丽莎白已经做完了手术,而且一切顺利。

很快过了4个月。我永远也不会忘记,就在母亲节前一周,我的姐姐和她的丈夫及儿子一起去医院接伊丽莎白回家。她的体重已经令人欣喜地增加到了4磅。医生不断地提醒凯茜,伊丽莎白一定会面临许多艰难困苦,而且会成长得非常缓慢。

这个出生时仅有1磅8盎司重、存活几率不到10%的孩子,已经读完了十五年级,即将以优异的成绩毕业。她已经考上了自己选择的大学,长成了一个亭亭玉立、金发碧眼的美女,而且必将有美好的未来。姐姐的一意孤行是否正确?伊丽莎白已经证明了一切!

世界上没有什么事是完全不可能的,奇迹很可能就发生在我们身边。伟大的母爱在生存与毁灭的选择中,无私地作出了选择,同时也创造了奇迹。

最后一支舞

我的父亲脾气不是很好。但我知道他是爱我的,而且他的爱很深沉,他只是不知道如何去表达他的爱。

有一天晚上,我们一起去城里消遣。我们坐在一家格调优雅的餐馆里,那里有一支很有活力的小乐队。当乐队开始演奏一首熟悉的华尔兹舞曲时,我决定邀请父亲跳一支舞。

"爸爸,你知道我从来没跟你跳过舞。我请求过你,但你从来都不跳。现在怎么样?"

我本以为会等来像以往一样的拒绝,但没想到父亲却若有所思地看着我,然后眼中闪现出令我惊讶的光芒。"那咱们就跳一曲吧,我会让你看看我这个老家伙还能跳出什么样的舞步。"

当父亲拥抱着我的时候,我不禁感动不已。

跳舞时,我专注地看着父亲,但他却躲避着我的眼光。

"爸爸,"我终于眼含泪水低声说道,"为什么看我一眼对你来说就那么难呢?"他的眼神终于落在了我的脸上,并认真地看着我。"因为我太爱你了。"他轻声回答道。父亲的话让我惊讶得说不出话来。这是我预想不到的,但却当然是我最想听到的话。父亲的眼中也泛起了一层泪光,他不停地眨着眼睛。

我一直都知道他爱我,只是不知道那深厚的情感竟会使他感到害怕,以致让他不敢表达自己。"我也爱你,爸爸!"我温柔地轻声说道。他结结巴巴地说出了这几句话:"很抱歉,我不善于表达。这对我来说太难

了,但你要记住我有多么爱你。"

这支舞结束后,我说了声"请原谅",去了一趟洗手间。就在我离开的时候,一切都变了。

当我回来的时候,父亲已经面色灰白地瘫倒在椅子里。一切都太晚了。他就这样走了。

那天晚上一直在我眼前晃动的,就是他瘫倒的身体和灰白的面孔,但现在我所记得的却完全是另外一个情景。我记得我们在舞池里跳华尔兹,然后他突然向我表达他的感情。我记得他说"我爱你",我也对他说"我爱你"。

那的确是我和父亲跳过的唯一的一支舞,它是第一支舞,也是最后一支舞。值得庆幸的是,我们能在有生之年,有机会表达我们的感情。即使我们都离开了尘世,那三个字也会永远流传下去,成为永恒。

生活中有很多人羞于表达自己的爱意,他们只是将自己对亲人深深的感情藏在心中,以至于直到亲人离开人世,才追悔莫及。勇敢地向所爱的人表达爱意吧,别为自己的人生留下遗憾。

歌唱的奇迹

和其他妈妈一样,当卡伦发现自己再次怀孕的时候,她就尽力为她三岁的儿子迈克尔,做好迎接他新伙伴的准备。后来,他们得知未出生的婴儿是个女孩儿,于是,迈克尔便日复一日、夜复一夜地趴在妈妈的肚子上为他的小妹妹唱歌。

卡伦是田纳西州莫里森市黑豹克里克卫理公会教堂的一个积极分子,她怀孕期间一切都很正常。不久,产前阵痛就来临了。先是每5分钟一次……每分钟一次。后来,在她的分娩过程中出现了并发症,阵痛持续了几个小时。终于,经过漫长的等待,迈克尔的小妹妹降生了。但她的情况却很危险。晚间,伴着一路上警报器的鸣叫声,救护车把婴儿送到了田纳西州诺克斯维尔市的圣玛丽医院,在新生儿重病特护区被精心地护理着。

日子一天天过去了。婴儿的情况却越来越糟。儿科专家告诉她的父母:"她存活的希望十分渺茫。请做好最坏的打算吧。"于是卡伦和她的丈夫与当地一家公墓取得了联系,做好了葬礼前的准备。而在这之前,他们已经在家里布置好了一间特别的婴儿房——现在,他们却要安排一个葬礼。

迈克尔一直在乞求父母让自己去看看小妹妹。"我想唱歌给她听。"他恳求着说。这已经是女婴在重病特护室度过的第二周了,情况却越来越糟,看来不等这周结束葬礼就要来临了。迈克尔仍旧不断地嚷着要给小妹妹唱歌,然而,重病特护区是不允许儿童入内的。不过此时卡伦已经下定决心,不管医生是否同意,她都要带迈克尔进去看一眼。

如果现在不让迈克尔看一眼他的小妹妹,以后就再不会有这个机会了。卡伦为此特地给儿子穿了一身特大号的防护衣。她带着儿子走进重病特护区,迈克尔此时看起来就像是一个正在行走的洗衣篮,不过护士长还是一眼便认出那是一个孩子。她立即对卡伦吼道:"请你马上带小孩儿离开这里!这里禁止小孩儿入内。"也许是出于强烈的母爱,一向性情温和的卡伦此刻变得倔强起来,她用无比坚毅的目光盯着护士长的脸说:"他不会走的,除非让他给妹妹唱首歌。"在卡伦的坚持下,迈克尔终于见到了他的小妹妹,他们一同来到女婴的床前。迈克尔盯着眼前那个已经不再为活下来而拼命挣扎的小婴孩儿,开始唱了起来。他用一个三岁孩子纯洁无比的心声唱道:

"你是我的阳光,我唯一的阳光,当天空变得灰暗……"

就在此时,婴儿有了反应,她的脉搏开始变得平稳。

迈克尔仍旧唱着:"亲爱的,你根本不知道我有多么爱你。请不要带走我的阳光——"

婴儿的喘息声由刚刚不规则的、紧张的节奏渐渐变得平稳,声音听起来就像小猫的呼噜声一样。

迈克尔继续唱着:"亲爱的,那天晚上当我进入梦乡,我梦到我把你揽入怀中……"

此时,他的小妹妹似乎已经放松下来了,正在休息中慢慢复原,她的身体也舒展开来。

迈克尔还在唱。此时护士长的脸上已经满是泪水,而卡伦的眼中却重新燃起了希望。"你是我的阳光,唯一的阳光。请别带走我的阳光……"

葬礼的一系列计划最终被取消了。第二天——就在第二天——女婴就奇迹般地好了起来,她可以回家了!

"一切皆有可能",是的,一切皆有可能。因为有爱——这神秘而强大的精神之力,它是我们一切力量的源泉,也是我们永远也不能放弃的信念。

一件旧大衣

丹尼是3个男孩儿的爸爸，和妻子一起经营着一家便利店，生活虽说不算富有，但也衣食无忧。他却一直保留着一件样式古老的男式大衣。他似乎非常喜欢这件大衣，有空的时候，总是将它拿出来仔细抚摸。

杰克是丹尼最小的孩子，也是最顽皮的一个，他不明白爸爸为什么会对这么一件破衣服有那么大的兴趣。一次，他的学校组织为灾区的难民募捐衣物的活动，他趁爸爸不在，将那件古老的旧大衣捐给了灾区。丹尼回家后，发现那件大衣不在了，他暴跳如雷，咆哮着将3个孩子叫到一起，激动地问是谁拿了他的衣服。在父亲的一再追问下，杰克承认是他将衣服捐给了灾区。丹尼火冒三丈，当时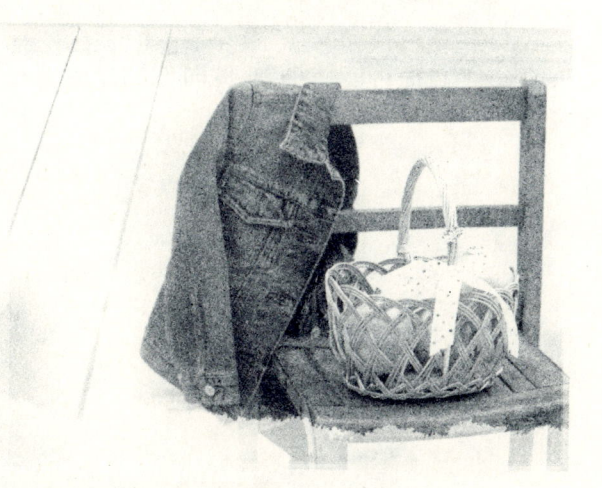就给了杰克几个耳光。3个孩子惊呆了，他们从没看见过父亲发这么大的火，因为此前无论他们惹了多大的祸，父亲总是耐心地和他们讲道理，不但从没有打过他们，骂都没有骂过，连他们的同学都知道他们有个开通明理的好父亲。

晚饭后，丹尼将3个孩子叫到跟前，对他们说："你们知道我今天为

什么打了杰克吗？你们知道我为什么如此珍惜那件破旧的大衣吗？"3个孩子摇了摇头。丹尼眼含着泪水激动地说："因为那是我的父亲留给我的唯一的东西，他生前将所有的东西全部捐给了慈善机构，那件大衣是我偷偷留下的。看到它我会感觉父亲仍和我在一起。"说到这儿丹尼的泪水止不住流了下来，他说："你们知道为什么无论你们闯了多大的祸，我都不会打你们吗？为什么不管工作有多忙，我也会抽出时间和你们一起打棒球吗？为什么在休息日便利店最忙的时间，我不工作而是带你们去游乐场玩吗？为什么我会不顾你们妈妈的反对，支持你们各式各样的奇怪想法吗？因为我的父亲当初就是这么对我的。"

说到这里，丹尼再也说不下去了，他陷入了深深的回忆中。3个孩子眼中也闪烁着泪光。杰克走到丹尼面前，小心翼翼地说："爸爸，你别难过，都是我的错，我明天就向老师要回那件衣服。"丹尼抬起头，用手抚摸着杰克的头慈爱地说："不，孩子。就捐给灾区吧，我父亲原本就是要把它捐赠给其他人的。何况我想清楚了，留住衣服只是形式，他的爱早已留在了我的心里。"

丹尼可能想不到，此时他的爱也留在了3个孩子的心里。

我们对自己的后代延续着父母对自己的爱，并在此过程中享受着亲情，这正是人类社会爱延续不断发展的原因。

父亲的忏悔

早上吃早饭的时候,我看着四岁的儿子哈佛在椅子上扭来扭去,不由得一阵心烦。是的,哈佛是个淘气的家伙,活泼而且好动,他总是安分不下来,哪怕是在吃饭的时候。他一会儿把奶油洒在了桌子上,一会儿像个饿鬼似的狼吞虎咽,一会儿两个手肘全趴到桌子上。我气不打一处来,训斥道:"吃饭也不老实!坐好!"小家伙看了看我愠怒的脸色,乖乖地不动了。可没过几分钟,他又扭开了,好像屁股底下有钉子一样,我斜着眼睛看了看他,只得叹了口气,这家伙简直没救了。

吃过早饭,我照例乘火车去上班,哈佛照例去玩——这是儿童的专利。在分别的时候,他挥起他的小手,对我说:"爸爸,拜拜!"我看他歪歪斜斜地站着,便皱起眉头喊道:"立正!挺胸收腹,两肩后张!"

当我下午下班回来的时候,哈佛正趴在地上滚玻璃球,昨天才换的裤子上又破了几个洞,他忙得不亦乐乎,连屁股肉露出来了都不知道。我生气地走过去,轻轻踢了他屁股一下,说道:"不当家不知道柴米贵!新换的裤子就破了?等你以后花自己的钱的时候,看你心疼不心疼?"哈佛挨了一顿批,兴致全无,噘起嘴巴,头也不回地跑进屋子。

晚饭后,我坐在书房看文件。门口传来轻轻的敲门声,我头也不抬地说道:"进来,门没锁。"然而过了一会儿没听见动静。我转身一看,是哈佛。他靠在门边,身子还在不停地扭动,一只脚在地上踢来踢去,他看我转了过来,就对我嘻嘻地笑。这家伙,从来没安静的时候!总来打扰我!我大声地责问:"又想干吗?"

哈佛看了我一会儿,忽然跑过来,双手抱住我的脖子,一个猴跳,蹿到我身上,伸过他粉嫩的小嘴在我脸上亲了一下,然后跳下地,"噔噔噔"地跑掉了。

有那么一阵子,我呆住了,手中的文件滑到地上也不知道。我心里很后悔:我这是怎么了?我什么时候变成了这个样子?哈佛还只是个小孩子,可我却总是挑他的毛病,总是为了一点儿小事斥责他,我这是在以一个大人的尺度来要求这个四岁的孩子!而哈佛全然没把这些放在心上,他大概只记得我带他去游乐园玩、给他买好吃的、陪他放风筝。他一点儿也不记得他的父亲经常斥责他,经常要他以一个成年人的标准要求自己。今晚,他跑来我这里亲我,正是说明他无邪的童心里只有爱和宽容!

不知道是什么力量驱使着我,我悄悄来到哈佛的房间。小家伙已经睡着了,他侧着身子,蜷着腿,一只胖乎乎的手靠在脸上,微微卷曲的头发贴在额头上,睡得那么安详。一时间,我只觉得一阵愧疚:我对哈佛太严厉了,我根本不像一个父亲,我应该为此感到惭愧。我暗暗下定决心:亲爱的哈佛,从明天开始,我要把你当成一个小孩子看待,我要做一个真正的父亲,一个懂得孩子的心的父亲!我要做你的朋友而不是管教你的老师。当你高兴的时候,我会陪着你笑;当你生气的时候,我会跟你一起难过。我必须再三地提醒我自己:你只是个孩子!你只是个孩子!

第二天早上吃早饭的时候,哈佛又照例伸胳膊蹬腿,开始活动了。这次我没像往常那样斥责他,我在一旁看着小家伙乐陶陶地动着,心里觉得特别温暖。

孩提时,那天真无邪的童趣总是令我们回味无穷,可渐渐成熟的我们,却随着心态的变化,遗忘且否定了那份美好的回忆,以致以我们的思维模式与行为方式去要求孩子的所行所为。其实这是不对的。为人父母者,有时应该站在孩子的角度来思考问题,多给他们一些尊重、一些理解、一些关爱。

礼 物

令人心动的情人节到了,我匆匆忙完手中的工作便冲到家中,准备和丈夫米切纳共度浪漫的夜晚。善于营造氛围的丈夫早已在一家豪华餐厅预订了一个房间,就等着在这一天和我共同品味其中的幸福与甜美。前几天,就在表示爱意的日子到来之前,他还在我的梳妆台上留下了一份包装精美的礼品。

在我沐浴结束、穿着赴宴的礼服焦急地等待的时候,丈夫才从外面回来。显然,他临时有事耽误了时间。不过幸好,来帮我们临时照看露丝的看护也来了,我们可以放心地出门了。

"可是,爸爸,你还没有陪我为妈妈买礼物呢。"八岁的女儿显然有些不高兴了。

米切纳看了看腕上的表,意识到如果我们想准时到达预订的餐馆,就必须立即动身,否则就来不及了。因此在这时,连表示歉意的香草冰淇淋也没有时间拐到街角给露丝买了。

"请原谅我,孩子,今天是我的过错,但现在我们必须走了。"米切纳抱歉地说。

"好吧。"露丝极不情愿地答应了。

那个浪漫的夜晚虽然很甜蜜,可我的脑海中却总显现着女儿在向我们挥手道别时眼睛里那兴奋的光芒瞬间消失的样子,这让我感到有些苦涩。她是多么爱我,我比谁都清楚这一点。

那份包装精美的礼物的确让我兴奋了几天,不过现在我已经记不

清那是什么了。但那天晚上女儿送给我的礼物我将终生难忘。

当我们回到家时,露丝已经躺在沙发上睡着了,可她的怀中还紧紧地抱着一个用报纸包着的盒子。当我在她那柔软的小脸上亲吻的时候,她醒过来了。"妈妈,这是送给你的。"

我撕开报纸,打开盒子时,看见了一件最甜美的情人节礼物。

这是一个枕头,可以看得出她是用我的十字绣品来完成这件礼物的。她先在红布上歪歪扭扭地绣上了"我爱你"三个字,再按照心的形状剪下两块同样大小的布,然后将它们缝在一起,又缀上美丽的花边,最后塞进棉花。这里面倾注了她多少爱啊。我激动得抱着女儿吻了又吻。

不知不觉,十三年过去了。尽管我的女儿已经进入大学,开始了她人生中又一段美好的生活,但是那个枕头在我的卧室里拥有特殊的地位,有无数次我都将它紧紧地贴在我的胸口。我不知它是不是具有某种特殊的力量,它总能带给我无尽的欢乐和幸福。甚至在女儿刚离开家去上大学的那些天,它陪我度过了一个个不眠之夜。我对这个枕头无比珍爱,更珍爱这段美好的往事。

我的孩子是那么渴望同我分享她心中对我的爱,这对一个母亲来说是一件多么幸运的事啊!我想只要我活着,就再也没有什么东西可以比得上那个情人节我所收到的礼物了。

父母的幸福来自于孩子发自内心回报的爱,这爱的方式,也许不是美酒,也许不是鲜花,也许只是一件饱含真情的手工制品。让我们学会体会孩子的爱,让我们珍惜这纯真的情。

飘逸的思绪

一把小提琴

　　我小的时候，一家人都是音乐爱好者。大姐和奶奶喜欢竖琴，二姐和爸爸喜欢单簧管，妈妈擅长口琴，而我喜欢小提琴。闲暇的时候，我们全家会开一个音乐会，大姐拨着竖琴，二姐吹着单簧管，妈妈吹着口琴，爸爸闭眼哼哼……而我只能在一旁听着，因为我没有小提琴。我多么想有一把属于自己的小提琴啊！但我知道，家里的经济条件不允许我实现这样的愿望。但是有一年，我实在忍不住了，我觉得我对小提琴的渴望已经到了极限，我对爸爸提出了要求："能给我买一把小提琴吗？"爸爸想了一阵，说道："亲爱的，咱们家有点困难——你等我想想办法。"爸爸这样说的时候显得很难过。但我却很高兴，好像我手上正拿着一把小提琴一样。

　　从此，每次晚饭前，我都会听见爸爸在低声祷告："万能的上帝啊！给彼得一把小提琴吧！"一天晚上，爸爸给在南加州的朋友布莱克·卡门写信。父亲以前说过卡门先生是个小提琴演奏家。一个星期后，爸爸收到南加州的回信，随即他公布了一项旅行计划：后天起程去南加州看望姨妈。几天后，我们很顺利地到达了姨妈家。刚刚安顿下来，父亲就问我："我想去看看卡门先生，你和我一起去吗？"我正好没事，就答应了。卡门先生的家很漂亮，是一座城堡式的别墅，他看起来比爸爸年纪大不少。他把爸爸和我迎进客厅，跟爸爸寒暄了几句，然后看着我说："是你喜欢小提琴吗？好好练习，将来会有成就的。"我不知道该如何回答他，只是笑了笑。卡门先生转身拿出一把小提琴，开始演奏。顿时客厅里飘荡着动人的旋律,就像流水一样绵绵不绝。我沉醉在音乐里,心想:我要是能拉得这么好就好了。

一曲拉完,卡门先生对我说:"彼得先生,这是一把好琴,我珍藏很久了,我当初买下的时候只花了7美元。以后你就用它练习吧。"说着,他把琴塞在我手里。

我这才醒悟过来,卡门先生把这把珍贵的琴送给了我!我惊喜地用颤抖的手轻轻摩挲着那华贵的琴身,半天只憋出一句话:"难道这是真的吗?"

有了自己的琴,我练习就更加方便了。每天放学回家,我都拿起心爱的小提琴,奏出一段曲子。许多年过去了,我中学毕业后上了医学院,然后又到医院工作,然后我结婚了,有了两个孩子。但是不管我在哪里,我都带着那把小提琴,它已经成为了我生活中不可或缺的一部分。孩子们渐渐长大了,一个个都离开了我。唯独那把小提琴,总是默默地陪伴着我,看着日子如水般慢慢地流过。

一天,我在街上看到一个广告,上面写着:"求购一把小提琴,希望

价格低廉,因为我没有多余的钱。"下面留有联系方式。我心中不由一动,这广告和父亲当年为我寻找小提琴的情形何其相似。父亲尽了最大的努力来满足我的愿望,我会永远感谢他。

我拿着那广告回到家,找出琴盒,把小提琴放在膝盖上细细端详。这么多年了,小提琴的表面还是那么光亮照人。我试着拨了拨琴弦,它的音质也没有丝毫改变,仍然那么优美动人,岁月没有在它身上留下一丝痕迹。

我抱着这把琴看了很久,终于下定了决心,拨通了广告上留下的电话。

第二天一早,家里就响起了门铃声,一个中年男人正站在门口。他看我开门出来,弯了弯腰,说道:"您好,先生,很高兴你看到了我的广告。我实在是太需要一把小提琴了,我女儿现在正在学这个,您知道,没有一把属于她自己的小提琴是多么遗憾的事情啊。"我把我的琴交给他。这个男人仔细地看了看琴,听了听音质,然后露出了为难的神色。半响,他抬起头问道:"先生,您这琴……得多少钱?"我微笑着说:"7美元。""哦?真的吗?"男人似乎有些不敢相信,因为这琴确实是一把上好的琴,如果在乐器店里出售,肯定价格不菲。我加重了语气说道:"是7美元。希望您的女儿能喜欢它,爱护它。"

男人欣喜地走了,我关上门,从窗户里看着他的背影。男人快要走到一个拐角的时候,一个小女孩儿跑了过来,她从男人手里小心翼翼地接过琴,那诚惶诚恐的样子好像她手里拿的是一块易碎的水晶。女孩儿轻轻地打开琴盒,光亮的琴身映出了她红润的脸庞。我看见女孩儿高兴地笑了,她盖上琴盒,一把搂住了她的父亲。

这就是父亲的爱,深沉而厚重。他也许不会像母亲那样直白地表露自己的情感,但他对孩子的爱一点也不逊色于母亲。他会不动声色地去竭尽全力为他的孩子争取幸福和快乐。而孩子们的笑容则是他最大的安慰。

一张唱片

在我们姐妹三人眼里,父亲是个歌唱家。每次他下班回家走进大门时,都会用他那洪亮高亢的嗓音唱起不知名的歌剧。我们一听到父亲的歌声,就会欢呼雀跃地跑下楼去,扑倒在父亲怀里。那时父亲脸上就会绽放出和地中海的阳光一样明媚的笑容,连眼睛里都闪着快乐的光。

父亲喜欢恶作剧,经常逗弄母亲,但如果母亲真的生气了,父亲就会说些笑话逗母亲开心或者唱首歌,母亲的闷气就会立即消散。

通常晚饭后,父亲会拿起小提琴,母亲则会打开钢琴盖,两人合奏一曲小夜曲。父亲和母亲都很喜欢意大利的歌剧,尤其崇拜著名的男高音歌唱家帕瓦罗蒂。

然而没过多久,一场意外发生了。那天晚上父母和朋友们在楼下打桥牌,我们三个姐妹则在楼上打闹,渐渐地,我们的声音越来越大,母亲上来制止了几次,但正在兴头上的我们,根本就没有理睬。过了一会儿,我们听到一阵沉重的脚步声——是父亲上来了。他阴沉着脸,生气地命令道:"当心点,不要再让我听到你们唧唧喳喳的声音!"撂下这句话,父亲就愤怒地转身下楼了,留下我们几个面面相觑。小妹低声嘟囔着:"爸爸这是怎么了?"于是我们几个闷闷不乐地睡觉了。

第二天一大早,我被楼下的哭声惊醒,一会儿母亲进来了,她坐在我的床边,泪水不停地从她脸上落下,她哽咽着道:"你们的父亲走了。"我们一时都没明白,父亲去了哪里?母亲哭着说道:"你们的父亲昨夜突发心脏病去世了。"有那么一阵子,我的心脏也几乎停止了跳动。我简直

不能接受这样的事实,昨天还生龙活虎的父亲一夜之间竟走到了生命的尽头?然而当我看到父亲已经冰冷僵硬的尸体时,我才真正明白,父亲真的去了。

父亲的葬礼结束后,母亲也失去了往日的欢笑,她把父亲的遗物仔细地收拾起来,钢琴的盖子再也没有打开过。

一天,我看见母亲坐在客厅里,腿上放着一个薄薄的盒子,泪水簌簌而下,滴在盒子上。我问母亲:"那是什么?"母亲抬起失神的眼睛说道:"这是你父亲去世前给我买的礼物,我还没来得及拆开呢。"我接着问:"为什么不拆开呢?"母亲道:"现在还不想。"说完,她顺手把这个盒子放到了柜子顶上。

接下来的几天里我一直在纳闷:那盒子里装着什么呢?但后来我没看见过母亲动它,渐渐地我把这事给忘了。

两年后的一个夏天,吃过晚饭后,我正在院子里玩,屋子里突然响起了音乐声,那声音高亢有力,一瞬间我以为是父亲回来了。但那声音远远比父亲的歌声好听,我猛然想起那个盒子。我转头向客厅看去,母亲坐在沙发上,她好像完全沉浸在音乐里,眼睛盯着正在旋转的留声机发呆。我轻轻地走到她旁边,桌子上放着一个拆开的盒子,里面有一张唱片的封面,上面写着:帕瓦罗蒂金曲。我没有打扰母亲,又轻手轻脚地退了出去。接下来的几天里,屋子里不时响起音乐声。这天,母亲叫住我,让我坐在她身边,脸上带着温和的笑容说道:"你父亲去世前一天,他带我到他工厂里说是有事

情,结果到了那里以后他就抽空溜了。我等了两个小时他才回来,正想教训他,他却从我身后悄悄地钻出来,拉着我的手跳起了舞。

"你父亲犯心脏病的那天晚上,我手忙脚乱地给他找药,他却笑着拍拍我的胳膊,让我去给他倒杯水。他又骗了我,等我回来时,他已经死了。"

我问道:"父亲是不是因为生我们的气才引发了心脏病?那天晚上我们大声吵闹让父亲很心烦。"母亲说道:"别这样想,亲爱的,这跟你们没有丝毫关系,或许是你父亲命中注定的日子到了。你的父亲非常爱你们,虽然他去世了,但他把这爱留给了我们,我们应该在没有他的日子里变得更坚强。"

那年夏天,母亲一遍又一遍地播放着那张唱片,我也一次一次地跟着唱片哼唱。当我闭上眼睛,手里打着节拍,嘴里轻轻哼唱的时候,好像又看到了父亲阳光般的笑容。后来,母亲找人来把那架老钢琴调了音,她又经常坐在琴凳上,翻开以前的乐谱,弹奏起那些逝去的曲子。

父亲去世了,但却把他的爱留给了妻子和孩子,让她们在日后的生活里变得坚强,这就是父亲留给一家人的最珍贵的礼物。深沉的父爱,往往使父亲忘了自己,他的眼里只有妻子,只有孩子。

祝你生日快乐

　　吃过晚饭,母亲把厨房收拾干净之后,就来到比尔的小床前。比尔的床就在厨房的壁炉旁边,因为这是家里最温暖的地方。母亲微笑着对比尔说道:"亲爱的,我去布拉里家把她的收音机借来好吗?"比尔抬起身子,迅速抓住母亲的手说道:"别去了,妈妈,您今天已经够累了,休息一会儿吧,我今天不想听收音机。"母亲扶着比尔,温柔地说道:"没关系,亲爱的,今天是你的生日,你记得吗?"比尔说道:"我记得,妈妈,你已经为我做了很多了。"母亲扶着比尔慢慢躺下:"亲爱的,我多想送你一件生日礼物啊,哪怕就是让你听一会儿收音机也是好的。""不,妈妈,您别去,这张新床不就是我的生日礼物吗?我今天真的不想听收音机。"母亲还是站起身来:"别担心,我很快就会回来的,今晚有个精彩的节目,等着吧,我马上回来。"母亲高兴地笑着,脸上的劳累和愁苦,似乎都在这一刻消失了。

　　母亲走了出去,外面的风雪很大,转眼就淹没了母亲瘦小的身影。比尔看着母亲渐渐走远,他的眼睛湿润了。他的衣服口袋里有一封信,那是今天上午邮递员送到他手中的,当时母亲正在后院干活。这信是广播电台给母亲的回信,同时附上了母亲的信,比尔已经看过了。比尔清清楚楚地记得内容:

尊敬的先生们:

　　这个月26日是我儿子比尔的11岁生日。我知道你们每天晚上9点钟都会在"生日祝福"节目里播送当天过生日的人的名单,我请求你们在我

儿子生日那天念出他的名字,并给他祝福。比尔是个坚强的孩子,他患病卧床已经有10个月了,但他从没抱怨过,也从没让我看到他痛苦的表情。我希望你们能在广播里这样说:"阿肯色州的比尔·克里木,今天是你11岁生日,祝你生日快乐,你应该得到最好的祝福,因为你是个坚强的孩子。"

信末则是广播电台印刷体的回复:很抱歉,夫人,该栏目已决定从本月25日起撤销。

比尔知道,母亲还没看到这封信,如果她知道了这个消息该有多么失望。这时,比尔看见母亲捧着一台收音机跟跟跄跄地朝家里走过来,外面风雪很大,飞舞的雪花落在母亲瘦小的身躯上,把母亲变成了一个雪人。比尔的眼睛仿佛也吹进了雪花,湿湿的。母亲进来了,比尔赶紧把信藏进口袋里。母亲把收音机放在比尔面前,说道:"亲爱的,还有15分钟节目就开始了,你好好听吧。"她觉得有些累,便在比尔身边坐下来,

想靠着床头休息一下。收音机里飘出悠扬的音乐,比尔忐忑不安地等待着,他知道,今天晚上这个节目不会再有了。

9点钟到了,音乐停了下来,收音机里出现了短暂的沉默,比尔心里祈祷着这沉默永远不要被打破,或者电台出现故障。但事与愿违,不一会儿收音机里传来一个童音:"亲爱的听众朋友们,'生日祝福'开始广播了。"跟着响起了背景音乐。比尔一阵纳闷,不是说取消了吗,怎么……播音员的话很快解开了比尔的疑惑:"首先播送一则声明:本节目原定于昨天取消,但由于广大听众的强烈要求,本台决定继续保留这个栏目,希望各位听众一如既往地支持我们。"接着播音员开始宣读今天的生日名单

了。比尔一阵兴奋:"既然这个节目没有取消,那么我的名字也会被播送出来,这样,全城的人都知道我今天过生日,实在是太美妙了!"

"今天过生日的听众有:约翰·斯塔尔先生、道茨·克莱登先生、玛格丽特·伊丽莎白女士、玛丽莲·琳达小姐……"看来今天过生日的人不多,名单很快念完了,比尔的名字没有出现。比尔心里一阵难过:"怎么没我的名字呢?他们明明看过了这封信呀!或许,他们把我的名字放在最后了?"但是,直到这个节目全部结束,也没有提到比尔的名字。比尔彻底失望了,他转头看看母亲,不知道什么时候,母亲静静地靠在床头睡着了,身体随着呼吸平稳地起伏着。母亲太累了,为了维持这个家,为了照顾自己,长期过度操劳令母亲过早地衰老了。比尔望着母亲的白头发这样想着。

这时,母亲的眉毛动了动,像是要醒过来了,比尔赶紧调整了一下情绪。母亲醒了,见比尔正看着他,便柔声地问道:"怎么样,亲爱的?听到你的名字了吗?天啊,我怎么睡着了呢?"比尔把头埋进母亲的怀里,大声说道:"妈妈,听到了,我听到我的名字了!他们祝我生日快乐。谢谢你,妈妈。"母亲微笑着,爱怜地抚摸着比尔的脑袋。比尔也笑了,他没有一点不高兴,因为他知道自己确实收到了一份珍贵的生日礼物。

这对母子是贫困的,是不幸的,但他们又是幸福的。因为他们拥有这世间最伟大的亲情。

养 子

在一个迷人的海边，我们看见一位美丽的母亲领着两个可爱的孩子，其中一个大约10岁左右，另一个的年龄也大致相仿。那年我13岁，妈妈领着我和几个弟弟妹妹在海边度假。妈妈和那位美丽的女士看起来很投缘，她们愉快地交谈着，而我们几个孩子则在海边玩了起来。通过交谈得知，女士的丈夫叫韦德，那两个可爱的孩子，一个叫约翰，另一个叫艾德。约翰看上去身体非常虚弱，好像刚刚生了一场大病；而他的弟弟天真活泼，忽闪着一双蓝色的大眼睛，又蹦又跳，像个可爱的天使。附近许多游客都被艾德的可爱迷住了，不由自主地停下来和与他聊上几句，或者送给他一些小玩具。

一天，当我们这些小伙伴在海边玩的时候，我的弟弟忽然说，艾德是被收养的孩子。我们听了都大吃一惊，可是艾德却毫不介意，反而仰起他那被晒黑的小脸，向我们自豪地讲述着来龙去脉。

"妈妈，这是真的，对吗？"艾德大声说着，"那时爸爸和妈妈都想再要一个孩子，于是他们到很多大屋子找孩子，想找一个他们心目中的孩子。他们看到了我，认为我就是那个孩子，就说'我们要的就是他'。"

"是的，我们去了很多的房子，最终找到了可爱的艾德。"韦德夫人在一旁补充着，"因为我们实在太喜欢他了。"

"可是在当天，你们并没能把我领回去，"艾德像是在讲述一个令他自豪不已的故事，"你们在回去的路上还反复说'希望我们能得到他'。"

"感谢上帝，一个月后我们得到了。"韦德夫人说。

讲完了自己的传奇故事，艾德拉起哥哥约翰的手说："我们去玩吧。"于是兄弟俩和我的弟弟妹妹们便拥到海边的浪花里，去寻找宝贝。

"我真是无法接受，有谁会舍得把这么可爱的孩子抛弃呢？"我妈妈看着远处的艾德，"他明明知道自己是被收养的，可是一点儿也不惊讶。"

"他没有惊讶，甚至把这认为是自己的荣耀。"韦德夫人说。

"我想你们告诉他这件事的时候一定很担心。"我妈妈猜测着。

"其实，我们本来不想告诉他这一切的。"韦德夫人叹了一口气，"我的丈夫是军队里的工程师，所以我们很少住在一起。在外人看来，这两个孩子都是我们的。可是在6个月前，我的丈夫去世了。一天，我碰见了一位多年不见的老朋友，她问我这两个孩子哪个是领养的。我用力地踩了一下她的脚，她明白之后便赶紧转移话题。可是孩子们还是听到了，不一会儿便围在我身边问他们谁是领养的。我费尽力气才编出这么一个收养艾德的故事。你们猜结果如何？"

我说："我想什么也不会让艾德变得沮丧。"

"是的，"韦德夫人微笑着，"他虽然年龄小一些，但是很坚强。"

就在韦德夫人带着孩子们将要离开的前一天，我和妈妈又在海边碰见了她，这次两个孩子都不在她的身边。妈妈对她的孩子们连声称赞，尤其提到了约翰。她说从没有见过一个孩子对母亲怀有那么深的爱，那么深的崇敬。

韦德夫人说："你是一位善解人意的母亲，我很愿意把事情的真相告诉你。其实艾德是我的孩子，而约翰才是我的养子。"

我和妈妈在那一瞬间都屏住了呼吸。

"如果小约翰知道他是被收养的，他那脆弱的心是承受不了的。"韦德夫人温柔地说，"在他看来，母亲意味着生命，意味着希望，意味着一种强大的安全感。而艾德很刚强，他是不会轻易被任何事情打败的。"

今年夏天，当我在一家餐厅用餐时，看见在我的邻桌坐着一位相貌英俊的青年，他穿着灰色的海军制服，那浓浓的眉毛和充满智慧的眼睛让我想起了艾德·韦德。

我上前去问,果然是他。于是我们一起回忆了那时在海边的情景。他把约翰的情况简单告诉了我。约翰上完大学之后,成为了著名的物理学家,但是他在28岁的时候就去世了。

"他的世界里只有妈妈和科学研究。他的身体一直不好,妈妈劝他去疗养,可他却总是在疗养期间偷偷地跑回去继续实验。直到临死前他还在实验室里观察数据。在他离开的时候,妈妈把他紧紧地抱在怀里。"艾德的眼睛有些湿润了。

"你妈妈什么时候告诉了你那件事的真相?"

"怎么,你也知道吗?"

"我和母亲早就知道了,但是我们一直将它深深地藏在心底。"

艾德极力控制着眼泪,沉默了一会儿,轻声开口说:"我想,在我这一生中,无法奉献出比妈妈更真切更深沉的爱了。现在我也有了一个孩子。我常常在想,当时妈妈为了不伤害到约翰,而把亲生儿子的位置让给了他,她需要多么大的勇气来承受这一切呢?"

对孩子来说,母亲意味着生命,意味着一种强大的安全感。而母亲为了做到这些,又需要付出多少呢?

尽管莫莉已经离开了我们,但现在我们仿佛仍然能够看到她与那位老妇人相握的手,两只手都那样完美,两张脸上都绽放着灿烂的笑容。虽然这两个人现在已经是天堂中的天使了,但她们给我带来的感动将永远留在我的心里。

品格的力量

- 来自天堂的感动
- 亚瑟王和女巫
- 无私的树
- 永远感谢
- 金色腕带
- 妈妈的信
- 一把空椅子
- 无价的传家宝

来自天堂的感动

这真是令人十分沮丧的一天,我们从医生那里听到了最坏的消息。我们的女儿刚刚做完她的第一次脑瘤切除术,正在接受放射治疗,现在却被正式告知,她只有20%活下去的机会,因为这种癌症还没有治愈的先例。

在下午继续和医生谈话前,我和妻子决定带女儿去吃午餐。我们去了当地的一家餐厅,静静地坐在那里等着女服务员过来为我们服务。我们的女儿莫莉并不知道那令人悲伤的噩耗,因此她兴致勃勃地用蜡笔在纸上画着,而我们则坐在那里呆呆地看着地面。

我留意到有一对上了年纪的老夫妇就坐在离我们几张桌远的地方,他们也一直一言不发。我不禁想知道他们的生活中面临着什么样的困境,是否他们也得知了有关自己孩子的可怕消息。

很快我们点的午餐就被送来了。在用餐的时候,我们依然沉默着。不知从什么时候起,那对老夫妇引起了我的兴趣,使我越来越专注地去观察他们。我心想,他们彼此之间都没有说过话,我不知道他们是在享受那份宁静,还是在享受美味的食物,或者两者兼而有之。随后,我开始将注意力转回到我的午餐上。

莫莉仍在不停地说着话,并享受着她的午餐。我和妻子都在专心听她讲话,并试图在她面前显得高兴一些,但效果并不是很好。突然之间,我看到不知从哪里伸过来一只手。这只手非常大,而且我断定它患有关节炎,因为它的指节有些肿胀,手指也扭曲变形。我无法将视线从那只手上移开。那只手缓缓放下,落在我那六岁女儿的小手上。此时,我抬头

向上看去。是那个与那位老先生坐在一起默默地吃午餐的老妇人。

我试图从她的眼睛中找到答案,她却在此时对我的女儿轻声说道:"如果我能为你做得更多,我愿意去做。"然后她笑了笑,和她的丈夫一起向门口走去。

我听到莫莉兴奋地说道:"嘿,看哪,是一美元。"她的手背上放了一张揉皱的一美元钞票。我低头看见了那张钞票,迅速意识到,这一定是那位老妇人留下的。我抬起头来想要谢谢她,但她已经走了。我惊讶地坐下来,还不敢肯定刚刚发生的事。当我望向妻子时,我们几乎是不约而同地展颜一笑。那天的悲哀情绪就这样被那位老妇人的手和她慷慨的善行一扫而空。

那一美元尽管使莫莉非常兴奋,但还不足以使我们露出笑容或开始感到有什么不同,真正让我们暂时忘掉烦恼的原因是那位感觉到我们的伤痛和苦难的老妇人的一片善心。那只残疾的手的抚触,仿佛有神奇疗效,使我们知道:我们并不是孤军奋战,有很多人关心我们,愿意帮助我们。这令我们感觉到信心倍增。当我们利用午餐余下的时间计划第二天一起进行有趣的活动时,心中充满了快乐。

我永远也不会忘记那只罹患关节炎的手,它给我们上了非常重要的一课。每个人都不是独自一人面对自己生命旅程中的艰难困苦,这个世界上到处都充满同情和宽容。即使那些自己也处于痛苦中的人,也会献出爱心。

那天握住莫莉的那只手至今仍然在握着。尽管莫莉已经离开了我们,但现在我们仿佛仍然能够看到她与那位老妇人相握的手,两只手都那样完美,两张脸上都绽放着灿烂的笑容。虽然这两个人现在已经是天堂中的天使了,但她们给我带来的感动将永远留在我的心里。

"莫以善小而不为。"有时候看似微小的帮助,往往能给处于危难中的人以无限的信心和勇气。无论是一个鼓励的笑容,还是一份体贴的关怀,都有可能成为危难中的巨大动力。

亚瑟王和女巫

亚瑟王年轻的时候曾被邻国的君主所俘虏。这位君主本想杀了亚瑟王,但被亚瑟王的年轻和高尚所打动。于是,君主打算释放他,但前提是他必须答对一个很难的问题。亚瑟王可以用一年的时间思考这个问题,如果一年后,他仍没有答案,那么他将被君主处死。

这个问题是:什么才是女人真正想要的?像这样的问题即使是知识渊博的智者都会感到迷惑不解,所以对年轻的亚瑟王来说,找到问题的答案似乎更是不可能的。为了生存他不得不接受了君主的提议,答应在年末给出问题的答案。

亚瑟王回到自己的王国后开始进行调查,无论是王妃、牧师、智者,还是宫廷的官员,他问了每一个人,但没有一个人能给他满意的答案。这时,有人建议他去一个老巫婆那里寻找答案,因为老巫婆在整个王国都很有名气,她索要的报酬也非常高。

这一年的最后一天即将到来了,亚瑟王别无选择,只好向老巫婆求助。她同意给出问题的答案,但亚瑟王必须首先满足她的要求。老巫婆的要求是要嫁给兰斯洛特,他是亚瑟王的圆桌骑士中的第一位勇士,也是亚瑟王最好的朋友!这让亚瑟王十分震惊。老巫婆不但弯腰驼背,容貌也奇丑无比,满嘴只有一颗牙齿,浑身还带着臭味,并且时常发出猥亵、恐怖的声音……在亚瑟王一生中从来没有见过像老巫婆这样令人厌恶的人。

亚瑟王拒绝了这个要求,他决不会强迫他的好朋友娶这个老巫婆,

背负如此沉重的负担。但当兰斯洛特知道老巫婆的要求后,便来找亚瑟王商量。他说与亚瑟王的生命相比,这不算什么牺牲。

因此,亚瑟王在宣布了兰斯洛特和老巫婆的婚礼后,老巫婆回答了亚瑟王的问题:"什么才是女人真正想要的?答案是……能掌管自己的生活!"亚瑟王的性命终于保住了。兰斯洛特和巫婆也举行了婚礼。

到了入洞房的时候,兰斯洛特带着一种恐惧的心理,身体僵硬地走进了卧室。然而,等待他的是怎样的一个画面啊——躺在床上的是一位他所见过的最漂亮的女人。惊讶的兰斯洛特问这是怎么回事。

这位漂亮的女人回答说,当她是丑陋的老巫婆时,兰斯洛特也没有嫌弃她,所以从此以后的每一天,她有一半时间还是原来丑陋的老巫婆,另一半时间就会变成漂亮的女人。接着她又问兰斯洛特喜欢哪一种,是选择她在白天变成漂亮的女人还是选择在夜晚?

这可让兰斯洛特感到为难了。经过一番考虑,高尚的兰斯洛特对她说,允许她自己做出选择。听到这样的话后,女人便宣布,从今以后,她一直都会变成漂亮的样子,因为兰斯洛特足够尊敬她,让她自己掌管自己的生活。

有谁不向往天马行空、自由自在的生活?自由对每个人来说都是最宝贵的。失去了自由即使过着锦衣玉食的生活,也不过是囚笼里的金丝雀,永远得不到快乐。

无私的树

很久以前,有一个骄傲的国王,决定为自己建造一个庞大的宫殿,于是召来了他的大臣们。

"去到森林里找一棵最高大的树,我要用来建造我的宫殿。"

大臣们在森林深处找到了一棵这样的树,它非常高大,周围生长着许多矮小的树木。当天夜里,他们就向国王报告这个好消息。

"陛下,我们已经找到了您需要的树。明天我们就回到森林里去把它砍下来。"

国王非常高兴。那天夜里,他做了一个非常奇怪的梦。他梦见一个住在一棵大树上的精灵出现在他的面前。

"哦,国王!"精灵说,"请不要砍倒我的家。如果你这样做了,每砍一下,都会使我受到严重的伤害,我会因此而丧命的。"

国王回答说:"你的家是森林中所有的树中最好的一棵,我一定要用它来建造我的宫殿。"

精灵不断地恳求,但国王坚持要把树砍倒。

最后,树的精灵对他说:"那好吧,你可以把树砍倒,但请按我的要求来做。不要从根部把它砍倒,就像人们通常所做的那样;而是要让你的人爬到树的顶部,一点一点地往下砍。让他们先砍掉一段,然后再砍一段,直到砍下整棵树。"

国王对此感到非常惊讶,便说道:"可是如果让我的人像你说的那样,分成多次把树砍下,那与从根部一次把树砍倒相比,会给你带来更

多的痛苦啊。"

精灵回答说:"是的,的确如此。但如果你按我说的做,对森林里的其他动物会更好。你知道,我的树非常高大,如果它整棵被砍倒的话,会压到周围其他矮小的树上,会使许多小动物丧生的。许多鸟儿和昆虫会失去自己的家,许多小树也会被毁。可如果你一段一段地把树砍下的话,就不会造成如此多的伤害了。"

国王想:精灵宁愿让自己被砍一百次,也不愿森林里的小动物受到伤害,多么勇敢与仁慈啊!而我却为了自己的享乐与虚荣,要把树砍倒,我是多么自私啊。我不会把树砍倒,反而要向它致敬!这个梦使我懂得,我也应该对别人善良与温和。

第二天,国王去森林对那棵树进行了授勋。从那天起,国王成为了一个仁慈、公正的统治者。

自私会使人变得孤僻、冷酷、令人生厌,并逐渐失去快乐。一个人如果只为自己而活,人生将毫无意义。如果每个人都能设身处地地为他人着想,抱着一颗博爱的心,燃烧自己照亮他人,世界将变成理想中的天堂。

永远感谢

童年时我曾看过好几位医生,但给我印象最深的是一位名叫威廉·R·文森特的医生。他在我心中占有特殊的位置。他是加州大学洛杉矶分校的小儿心脏病专家,在1971年的时候,他给了我第二次生命。

当时只有8岁的我患有严重的心脏疾病,需要进行心脏外科手术。妈妈没有足够的钱来支付我的手术费用,但如果不做这个手术,我很可能活不到13岁。在与几个慈善组织联系之后,文森特医生通过"联合之路"——一个残障儿童基金组织,来为我进行医疗援助。

文森特医生是个非常英俊的男人,也很温柔、细心。我记得有一次在医院做血管造影照片检测的过程中,我一直在歇斯底里地哭喊着。于是医护人员找来文森特医生,以使我安静下来,除了他之外,没有任何人能够安抚我。不久就到了给我进行心脏手术的日子。手术成功的

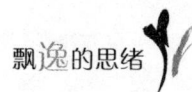

机会只有50%,因为这种手术还处于实验阶段。当时我是第二个或第三个做这个手术的人,他们要用我腿上的一根动脉来重造主动脉。我非常害怕,文森特医生再次安慰我说,这个手术由他来做,一切都会顺利的。

我十分信任文森特医生,知道他是最细心的人。手术的过程非常痛苦,但结果却很成功。手术之后他来看我,并给我带来了一份礼物——一个毛绒玩具。我感到非常惊喜,不禁拥抱了他。我猜文森特医生一定知道我感到很孤独、很害怕,因为这个毛绒玩具使我的生活变得充满了欢乐。你知道,当我在医院里的时候,除了妈妈之外,没有家人或朋友来看我,我不知道这是为什么。我只知道一件事:我有一个非常好的医生,他花时间来帮助一个心怀恐惧、非常孤独的小女孩儿。这已经是28年前的事了,但无论你在哪里,文森特医生,我都想对你说声"谢谢",不仅因为你挽救了我的生命,还因为你帮我过上了正常的生活。你对我付出的是真正的关怀,为此我将永远地感谢你。

在高尚的人走过的地方,总会找到许多令人感动的足迹。许多曾经接受过帮助的人会永远铭记他的恩惠,并受其影响,怀着感恩的心面对人生。

金色腕带

　　我是在11岁的时候才第一次去童子军训练营。在乘坐大客车前往营地的途中,我的心中充满了期待和担忧。

　　我听说过所有在训练营中将会进行的有趣活动。那些以前参加过训练营的人会非常兴奋地讲述他们第一次的冒险经历。

　　在训练营中,有一个内容将会给我造成很大的困难,那就是游泳测试。我曾听说,一旦我们到达那里,要做的第一件事就是去湖中进行游泳测试。对于车上的大部分人来说,那并不是什么难事。

　　你知道,在如何到达游泳池或湖的底部这方面,我好像有诀窍;但怎样停留在水面上,对我来说就是个大问题了。是的,我不会游泳,入水即沉。

　　大客车终于抵达训练营了。我们很快被带到湖边去进行游泳测试。哦,我真想到其他任何地方去。

　　我们都坐在湖边的沙地上,等待进一步的指示。很快,救生员领队就来欢迎我们了。

　　"小伙子们,"他以一种不容置疑的语气说,"这是我的湖,我就是这个湖的国王。我想让你们知道的是,这里的安全由我负责。"我默默地在心中想道,在这个湖中,他是受欢迎的,而我则更乐意待在岸上。

　　"你们马上就将接受我的游泳测试,"他继续说道,"我们之所以对你们进行游泳测试,是想了解你们的游泳水平。"然后他拿起了一个袋子,"测试结束之后,我会给你们每人一条腕带:要仔细注意腕带的颜色,因为那说明你们能去这湖的哪个部分,以及能做什么。"他首先拿出了一条金色的腕带,"如果我给你一条金色的腕带,那就意味着我认为你是一个优秀的游泳者。你将被允许在深水区游泳,还可以随意领取小船和帆船。"然后他拿出一条绿色的腕带,"这是一条绿色的腕带。如果我给了你一条这样的腕带,你将被允许去中度水深的地区,还可以与人结伴领取小船和帆船。"

"这是最后一种腕带……"他一边说一边古怪地笑着。许多听着他讲话的男孩子也不安地跟着他笑了几声。

"你们看清这条腕带是什么颜色了吗?"他一边说,一边笑得都合不拢嘴了。

"粉色!"男孩子们大声喊道。

"没错,粉色,"他说,"男孩子喜欢粉色的腕带吗?"

"粉色,"我想,"在一个全是男孩子的训练营里?"

"如果我给了你一条粉色的腕带,"救生员笑道,"那说明我认为你不会游泳。"

"现在就给我一条粉色的腕带吧。"我心想。

"想知道得到粉色腕带之后能在我的湖中做什么吗?"

"是的!"知道自己不会得到粉色腕带的男孩子欢呼着。

"如果你得到一条粉色的腕带,就要与人结伴在这一小片浅水区内游泳!不仅如此,每天早晨你还要来找我,这样我就可以教你游泳!"然后他突然严肃起来,"带粉色腕带的人谁也不许逃避游泳课!"

我想,对一个会下沉的人

来说,唯一比游泳更糟糕的事,就是上游泳课了。

很快就轮到我进行测试了。"跳入水中!"救生员说。

我知道最好与这位"湖中之王"谈一下,但我还是跳下了水,并且很快就开始下沉。我的手脚拼命划动,但还是沉到了水下。片刻之后,我听到了救生圈扔到水中的声音,我伸出手抓住了它。不久之后,我回到了岸上。

救生员先生露出嘲讽的笑容。"给你,"他说,一个粉色的腕带在他的手指上晃动着,"我想会在早晨的游泳课上见到你。"我闷闷不乐地向营地方向走着,怒视着自己的粉色腕带。

在到达营地前,我停下了脚步。我看到有什么东西在一丛矮树下闪着亮光,我小心翼翼地走近前去看那是什么。

我几乎不相信自己的眼睛,连眼睛都不敢眨一下,唯恐再睁开眼时,面前的这个宝贝就会不见了。

我的口中缓缓地吐出了几个字——"金色腕带"。我环顾了一下四周,确保没有人看到我。几乎只用了半秒钟就想好了应该怎样做。

我迅速抓起了这条金色腕带,带到了手腕上,并立即将那条粉色的腕带扔到了矮树丛下。我戴着金色腕带,抬头挺胸地走进了营地。我相信每个人都在注视着我的腕带,戴着它的感觉好极了。

那个星期我没有去湖边,没有人质疑我的游泳能力。我没有去上讨厌的游泳课,而是进行了许多有趣的活动,例如远足、生存以及业余无线电课程等。从我戴上那条金色腕带的那一刻起,我在训练营中的生活就由痛苦转变成了美妙。

在我们回家的前一天,我终于来到了湖边。我并没有想要经过帆船码头。在我转身往回走之前,负责帆船的管理员向我喊道:"嘿,你想乘帆船到湖中去吗?"我本应该说:"不,谢谢。"但我没有这样做,他们一定都在看着我。一分钟后,我爬上了一艘蓝色的小帆船。

"我看到你戴着金色的腕带。"管理员说。

我点了点头。

"那么,你就不需要穿这件救生衣了,把它放在船上就行了。"说着,

他把一件破旧的橙色救生衣扔到了船里。

"谢谢。"我说。

"你知道怎样驾驶帆船,是吗?"他问。

我确信他一定认为我是那些整个星期都在湖上驾船的人。我不想让他失望,便撒谎说:"是的,我知道。"他把我那艘蓝色的船解开,并用力推向湖中。我低头看了看我的金色腕带,不知为何,竟然希望戴了它一星期的我能够成功完成这次出航。

我拉着几根绳子,不知道怎样才能让船动起来。就在这时,一阵强风使船帆张满。船开出去的时候,我抓紧了方向舵。

我对自己非常满意。船飞快地驶过湖面,很快,我身后岸边的人就都变成了小不点。我相信每个看到我的人都会认为我是个天生的水手。我能驾船,而且不会翻倒。一切都那么顺利。

不久之后,我听到响起了号角声。"呜……!呜……!"我知道那意味着该是我把船开回去的时候了。直到那时,我根本没有想过怎样使船掉头。我摆弄着方向舵,并不能使船掉头。于是我又开始拉绳子。船帆突然横着扫过小船,将我撞落到水中。我伸出腿去,拼命想触到一块地面或是石头,但我所能感觉到的只有水,冰冷的水。

我心里想着:"不要惊慌,只要想办法回到船上就行了。"我竭尽全力地蹬着腿,试图靠近小船。我看到了那件橙色的救生衣,真希望我正穿着它。

片刻之后,我喝了一口水。我开始惊慌起来。我的金色腕带对我毫无帮助!

岸边离我太远了,我看不到任何人,更不用说呼救了。

有人看到我了。"湖中之王"、游泳测试先生伸手到他的白色救生员椅的一边,拿起了一副双筒望远镜。他很快就注意到了我的小船,以及附近翻腾的水花。

他立即从椅中跳起,跳进一艘有"救生员"标记的摩托艇中。几秒钟之后,他便飞速驶过湖面,向我的方向开过来。

直到船停下的前几秒,我才看到救援者。我不知道是由于他的船激起的水波,还是因为我已经筋疲力尽,我向水中沉了下去。我向水面看去,看到了他的摩托艇的轮廓。然后我看到一只大手插入水中。我伸出手去,试图抓住它。他很快就碰到了我的手,并把我像一条小金鱼一样猛地拉出水面。

"湖中之王"什么话也没有说。我坐在他的船上,身上滴着水,而且浑身颤抖,最重要的是,我的肺里终于灌满了空气。我吓得要命,也什么都说不出来。

他默默地把一根绳子系到我的空帆船上,然后发动引擎,向岸边开了回去。

我知道我有麻烦了,但无论他们怎样惩罚我,也不会比几乎溺毙在湖底更糟糕。

似乎用了好长时间我们才回到帆船停泊处。救生员先生将船靠到岸边,然后让我下船。我羞怯地走到船边,迫不及待地要上岸。

就在我下船之前,救生员先生终于说话了。

"把它给我。"虽然我知道他要的是什么,但我却傻傻地看着他。

"把它给我!"他用更严厉的声音重复了一遍。

我从手腕上摘下了金色腕带。他伸出了将我从湖中拉出的那只大

手,我把金色腕带放在了他的手中。

他握紧了拳。那是我最后一次看到那条金色腕带。他并没有对任何人说起我的不诚实,我也没有因为自己的欺骗行为而陷入更大的麻烦。我不知道是否因为他知道我第二天早晨就要回家了,或者他知道我已经在那个星期变成了一个更加诚实的人。

第二年参加训练营的时候,他假装不认识我,我也很高兴能够重新开始。我得到了一条新的粉色腕带,整个星期我都带着它,每天早晨我都去上游泳课。

现在我已经长大了,我知道曾经的愚蠢行为几乎毁了我的一生。如果不是因为一个异常警醒的救生员,那个"湖中之王"以及上帝对我的眷顾,就不会有今天的我。

每个人都有自己的弱点,学会面对现实,正视自己的不足,并虚心地向擅长的人请教,通过学习使自己的弱点变成优势,才能成为真正的强者。

妈妈的信

直到今天,我仍然记得妈妈的那些信。妈妈从1941年12月开始,每天晚上都坐在厨房的大桌子旁给我的哥哥约翰尼写信。约翰尼是在那年夏天应征入伍的,但自从日本偷袭珍珠港之后,就音讯全无。

我不明白,既然约翰尼再也没有回过信,妈妈为什么还要不断地给他写信呢?

"再等等看——总有一天我们会收到他的信的。"妈妈说。她还说,在她的大脑和所写的话语之间有一种直接的联系,就像上帝赐予我们的指引一样强烈。她坚信,这种联系一定会引领我们找到约翰尼的。

我不知道她这样说是不是为了使她自己,也使爸爸和我们大家的心里都能安定下来,但有一天,约翰尼竟真的回了一封信,他还活着,正在太平洋的一个岛屿上。

我一直都对妈妈在信上的落款"塞西莉娅·卡普兹"感到好笑,还为此而取笑过她。"为什么你不直接写'妈妈'呢?"我问她。

我不知道她一直都把自己当做塞西莉娅·卡普兹,而不是妈妈。为此我开始以全新的眼光来看待她,这个小巧玲珑的女人甚至穿上高跟鞋才几乎有一米半高。

她从不化妆,除了一枚金的结婚戒指之外,她也不戴任何珠宝;她的头发乌黑顺滑,总是在脑后挽成一个髻;她从不去剪发或烫发;她只有在上床睡觉的时候才会从鼻子上摘下她那副小银边夹鼻眼镜。

每当妈妈写完一封信之后,她就会把信交给爸爸,让他把信邮寄出去。然后她会烧上一壶开水,我们大家围坐在桌旁,谈论过去的美好时光。我们这个美籍意大利家庭曾是一个十口之家——妈妈、爸爸和8个孩子,其中有5个男孩儿、3个女孩儿。他们都离家在外——有的为了工作,有的应征入伍,有的成家立室。只剩下我陪在妈妈身边。

第二年春天的时候,妈妈又要开始给另外两个儿子写信了。每天晚上她都要写3封不同的信,交给我和爸爸,让我们也在信中写上自己的问候。

妈妈给儿子写信的消息逐渐传播开来。有一天,一个身材矮小的妇人敲我家的门,她声音颤抖地向妈妈问道:"你真的写了很多信吗?"

"我的确在给我的儿子写信。"

"那你也能读信吗?"那个妇人轻声问道。

"当然可以。"

妇人打开了她的手提包,拿出了一沓航空信件。"请帮我读一下这些信。"

那些信是妇人在欧洲当兵的儿子写给她的,那是一个红头发的男孩儿,他曾常常和他的兄弟们一起坐在我家门前的台阶上。妈妈一封接一封地给妇人读了这些信,她还把信从英文翻译成意大利文,妇人的眼中涌上了泪水。"我现在就要给他回信。"她说。但她打算怎么写呢?

"去冲杯咖啡来,奥克塔维亚。"妈妈在客厅里对我喊道,然后她把那个妇人领到了厨房,坐在桌旁。她拿出钢笔、墨水和航空信纸,开始写信。写完之后,她把信读给那个妇人听。

"你怎么知道那正是我想说的话?"

"因为我以前也常常像你一样坐在那里看儿子的信,却不知道写些什么才好。"

几天之后,那个妇人带了一个朋友来我家,然后一个接一个地不断有人来——她们的儿子都在战场上打仗,她们都想给儿子写信。于是,妈妈成了镇上的写信专家。有时,她一整天都在不停地写信。

妈妈总是坚持让他们在自己的信上签名,那个头发花白、身材矮小的妇人还求妈妈教她怎么写。"我非常希望能够在信上写上自己的名

字,这样我儿子就能看到了。"于是妈妈用手把着妇人的手,在纸上一遍又一遍地写着妇人的名字,直到她在没有妈妈的帮助下也能做到为止。

那天之后,每一封信她都能够自己在上面签名,这使她不禁笑逐颜开。

然而有一天,她来找我们,眼中看不到一丝希望,妈妈立刻就知道发生什么事了。她们手拉着手默默地站了很长时间,然后妈妈说:"我们现在最好去教堂。生活中一定有一些重要的事是我们所无法理解的。"回到家,妈妈怎么也忘不了那个红头发的男孩儿。

战争结束之后,妈妈把钢笔和信纸都收了起来。"已经不需要了。"她说。然而,她错了。那些妈妈曾帮助过的女人,现在又来找她帮忙给在意大利的亲戚写信。

有一次,妈妈承认她的心中一直深藏着一个写小说的梦想。"那为什么不去写呢?"我问她。

"每个人来到这个世上都有一个特殊使命,"她说,"很明显,我的使命就是写信。"然后她试图解释自己为什么如此专注于写信。

"没有什么能像信件这样把人们联结在一起。它能使人们哭,也能使人们笑。没有什么安抚能比一封充满爱意的信更可爱、更暖人心,因为它世界似乎都变小了,寄信人和收信人都会感觉自己像国王一样。亲爱的,一封信本身就是一份礼物!"

如今,妈妈写的所有的信都已经不知所踪了,但那些收到信的人仍然在谈论着她,并永远珍藏着那份美好的记忆。

写信本身就是一件温馨的事,帮人写信的母亲,就像是将爱心与关怀传递出去的天使,她的品格影响着她深爱的孩子们,让与其接触的人都无比赞赏。

一把空椅子

那是在自己刚刚接管班级的时候发生的事情,朱丽娅至今也忘不了。每当有学生犯错误的时候,朱丽娅都会不由自主地想起那件事。

事情发生在刚开学不久,小罗伊来报告说,他的文具盒不见了。最近班级里经常有人丢东西,类似的事情已经在班级发生过几次,有的是不见了练习册,有的是不见了画笔。为此朱丽娅也在班级里当众说过好几次偷拿别人东西的坏处,还发动大家一起寻找失物,可是一无所获。有些家长还直接联系了朱丽娅,言谈间对班级的学生已经有些不好的看法。问明情况,朱丽娅让罗伊先回到教室。想到孩子们一双双明亮的眼睛,朱丽娅不希望在孩子的心里留下任何阴影,即使是那个犯了错误的孩子。

罗伊说是体育课回来后不见的,体育课……朱丽娅忽然想起下午自己走过教室门口时,看到艾利克一个人在教室里。"其他人都下去上体育课了,你怎么还在教室里?"朱丽娅问道。"我在整理书包。"艾利克回答。

当时朱丽娅并未在意,现在回想起来,艾利克回答时眼睛里确实闪过一丝慌乱。而且,接手这个班级时,听前任老师怀特先生介绍过,艾利克活泼好动,而且很任性,常翻看别人的物品。朱丽娅有了一丝怀疑,但又不敢作最后的肯定。伤害学生幼小的心灵是朱丽娅不希望做的,但又不能放任事情这样发展下去。

走进教室,屋里很安静,学生们都静静地等待着。朱丽娅环视一下

四周,开口说:"我已经把拿铅笔盒的同学找到了……"话还没有说完,教室里的欢呼声响成一片,朱丽娅等孩子们安静一些,继续说,"现在,大家可以想一下,你想对这位爱拿别人东西的同学说些什么话,五分钟后,我们把这些话说给那位同学听。"

五分钟过去了,孩子们很快安静下来。随着孩子们期待的眼神,朱丽娅取了一把椅子放在教室前面:"瞧,孩子们,拿铅笔盒的同学已经抓到了,他现在就坐在这把椅子上。虽然我们看不见他,但是他能听见我们讲话。"

"哦……"教室里又是一片嘈杂,孩子们有些失望又有些惊奇。

"我先来说,"曾经丢过练习册的莎娜站了起来,"上次,你把我东西偷偷拿走,害得我找来找去,作业都做不了。"罗伊也站了起来,说:"我的文具盒,是爸爸出国时给我带回来的礼物,不见了妈妈会以为我不爱惜,会批评我的。"孩子们你一言我一语,已经完全把空椅子当成那位同学了。菲力克斯最后说:"你这个人,再这样下去,就没有人跟你交朋友了,大家都会讨厌你。"

孩子们说得很热烈,也很真诚,朱丽娅偷偷看了看艾利克,他正低着头,双手扭在了一起。

后来,文具盒重新出现在罗伊的桌上。接下来的日子,班里丢东西的事情再也没有发生。

人之初,性本善。特别是对于纯真的孩子来说,有时留有余地的提醒,远胜过严厉的苛责。

无价的传家宝

洛克出生在一个农民的家里,家徒四壁,一贫如洗。他的父亲去世时把年幼的洛克叫到床前说:"孩子,爸爸一辈子不能给你留下什么,但有一样传家宝,将使你受益一生。"洛克惊奇地看着父亲,因为他并不知道家里有什么值钱的东西。父亲郑重地说:"咱们家的传家宝就是诚实,你的祖父和父亲一生都以诚信为本,我希望你也一样。"年幼的洛克将父亲的话牢牢地记在心里,并将其作为自己的人生准则。

成年后的洛克刚开始工作时,曾做过房地产销售员。有一次,老板交给他一项工作,让他销售公司的一处房产,并一再叮嘱他,这处房产的整个情况都非常好,唯独房顶需要进行重修,但从外表上看不出来,只要不主动提出,顾客不会发现的。看房的顾客是一对年轻夫妇,他们看过房子后,对房子的地理位置、格局和朝向都表示很满意,并愿意即刻付款入住。但洛克制止了他们,对他们讲这栋房子要想入住,需要花费大约七千美元重新修理。

这对夫妇听了洛克的话后,决定放弃购买这栋房子的计划,并对洛

克表示了感谢。回到公司老板大发脾气,指责洛克的愚蠢,并最终将他解雇。然而,洛克并没有为此而后悔,他没对顾客说那番话前已经知道最终的结果,但他时刻记着父亲临终对他说的话,他不能因为怕失去工作而放弃自己的人生准则。

后来洛克又换了几份工作,虽然由于他的诚信,很多顾客都很信任他,但他总是得不到老板的青睐,所以无论到哪工作,他总是难以立足。最后洛克决定成立自己的房地产公司,要以诚信开创自己的品牌。他向自己的亲戚和朋友借了一些钱,但却不够,正当他一筹莫展之际,他以前的顾客找到了他并表示愿意帮助他成立自己的公司,因为他们相信洛克的信誉。

在大家的帮助下洛克成立了自己的房地产公司,由于他的公司以诚信为本,博得了许多顾客的信赖,生意也渐渐红火起来。在世界性经济危机的那段岁月里,很多公司由于得不到银行的支持而倒闭,洛克的公司则由于长久以来的信誉,获得了银行强有力的支持,逐渐成为了房地产行业里的佼佼者。如今洛克的公司,在全国各地都开设了连锁店,而洛克觉得自己的成功完全应归结于父亲给予自己的传家宝。

最有价值的馈赠,不应以金钱来衡量,而应是一种对待生活的理念。因为金钱总有花完的一天,而生活的理念将使其受益终身。

事实上,只需要一秒钟,就可以使我们静下心来沉思一下。是否应该在今后的生活中,利用我们短暂的时间去做一些更重要、更有意义的事,这完全取决于我们自己的选择。

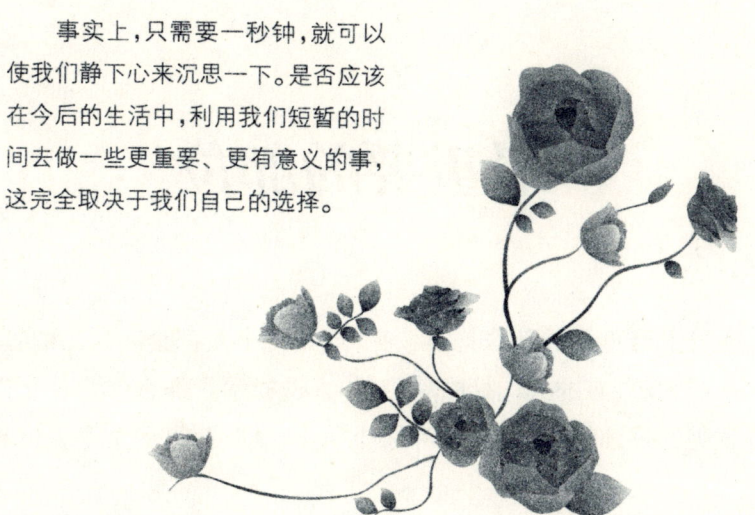

关爱的小舟

- 最重要的部位
- 只需一秒钟
- 用心聆听
- 站在树下的男孩儿
- 黄色曲别针
- 葛莱斯彼先生
- 最好的礼物
- "古怪"的玛丽
- 爱的奇迹
- 眼中的爱

最重要的部位

人身上最重要的部位是什么呢？或许每个人都会有自己的答案：有的人选择大脑，有的人选择眼睛，有的人选择手。那么你为什么选择那个答案呢？仔细思考一下，也许你能和我一样，获得一个令人惊异的答案。

以前，我母亲常常问我，身体中什么部位最重要。许多年来，我一直在猜测我所认为正确的答案。

在我很小的时候，我认为声音对人类而言很重要，因此回答："是耳朵，妈妈。"

她说："不对，世界上有许多人是聋子。不过你还要继续思考这个问题，以后我会再问你。"

当她再次问我时，已经是几年以后。自从第一次没有回答正确之后，我就一直在思考答案。

于是，这次我对她说："妈妈，视觉对每个人都很重要，所以应该是眼睛。"

她看着我，说："你学得很快，但答案还是不对，因为还有很多人是盲人。"

以后的几年里，她又问了我几次，但我得到的回答总是："答案不对，不过孩子，你一年比一年聪明了。"

去年我祖父去世，大家都悲痛不已。每一个人都在哭泣。轮到我们向祖父做最后告别的时候，妈妈看着我，问道："孩子，你现在知道身体

中最重要的部位了吗?"

她在这时候问我这个问题,吓了我一大跳。我一直以为这只是我和她之间的小游戏。她看我一脸迷惑,便对我说:"这个问题很重要,它是你真正开始生活的标志。"热泪盈眶的妈妈接着说,"亲爱的,你身体最重要的部位是你的肩膀。"

我问道:"是因为它能支撑头吗?"

她回答道:"不,是因为我们的朋友、我们所爱的人哭泣的时候,它可以让他们把头靠在那儿。亲爱的,每个人在一生中都会有需要一个可以倚靠着哭泣的肩膀的时候。我只是希望你有足够的爱心和朋友,这样在需要的时候,你总可以找到一个可以倚靠着哭泣的肩膀。"

从那时起,我知道了身体最重要的部位不是利己的部位,而是能减轻别人痛苦的部位。

如果能拥有一个可以在身处困境时依赖的肩膀,无疑是幸运的。但能够成为被人依靠的肩膀则更能体现生命价值的含义。生命的价值在于奉献,而不是索取。

只需一秒钟

几天前,一个久违了的大学同学给我打来电话。我们聊起了过去那些美好的快乐时光,还有关于最近他获得学位的一些事情。当他谈到他的父亲时,他给我讲了一个感人的故事。

他的父亲身体很虚弱,已经住进医院。由于病痛的折磨,他的父亲常常睡不着觉,总是一个人不停地在那胡言乱语。我的朋友日夜照看着他的父亲,已经连续几天没有休息了。连日的疲劳,使心烦意乱的他不耐烦地让他的父亲安静一下,尽量多睡觉。他的父亲告诉他其实自己很累,也非常想睡觉,还说如果他不想陪自己,可以把他独自一人留在医院。

说完这话后,他的父亲便不省人事了,被送进加护病房。我的朋友为此心里很内疚,他后悔刚才对父亲说那样的话。

我一直认为我的朋友很坚强,可电话那端的他哭得像个孩子。他说从那时起他每天都祷告,祈求上帝让他的父亲早日从昏迷中清醒过来。他发誓只要他的父亲能再次清醒过来,无论父亲说什么他都愿意接受。他唯一的希望就是祈求上帝能给他最后一次悔改的机会,而这个错误他一生都不会忘记……

当我们的父母需要我们陪伴或者照看几年、几月、几天甚至几分钟时,我们常常都会抱怨。可是我们的父母却一生都在陪伴着我们,这一点你意识到了吗?

想一想当我们拒绝父母的爱意时,他们是多么地心痛。我们总把父母的爱当做限制我们飞向蔚蓝天空的一种束缚。在我们的生命之旅中，父母总是用他们的眼泪浇灌我们的生活，使我们暗淡无味的生活渐渐结出果实、开出鲜花、富有生机。而当父母的眼泪流尽时，我们除了哭喊，还能做什么呢？

当父母需要我们照顾或者陪伴时，我们总是允诺，下一次自己肯定不会再有抱怨。而当父母像照顾小孩子一样无微不至地关心我们时，他们却从来没有任何怨言。要知道这个世界上还有许多不幸的人，他们既没有父亲也没有母亲，他们多么渴望自己也有机会能照顾自己的父母，哪怕有机会抱怨也好。

事实上，只需要一秒钟，就可以使我们静下心来沉思一下。是否应该在今后的生活中，利用我们短暂的时间去做一些更重要、更有意义的事，这完全取决于我们自己的选择。

从我们出生到长大成人，甚至到生命垂危时，我们的父母无时无刻不陪伴在我们左右。就算父母离开了人世，我们对他们的深刻记忆也会永远留在生命里。

父母对儿女的付出总是那么无私，不会期盼从儿女身上得到任何回报。而儿女则常常为自己的些许付出抱怨不停。等到父母离开的时候，才能感受到"子欲养而亲不待"的痛苦。与其此时追悔莫及，不如珍惜回报的机会，别让自己留下遗憾。

用心聆听

　　我认为与人沟通的最基本、最有效的方法就是用心聆听。或许我们给予彼此最重要的东西是关心,尤其是发自我们内心真正的关心。当人们讲话的时候,我们什么都不需要去做,只需认真聆听。把他们的话放在心上,仔细听他们所讲的内容,并要对此关心。事实上大多数情况下,关心他们所说的内容要比理解更为重要。也许我们大部分人并不了解,我们的关心对他人来说有多么重要。对我个人而言,也是用了好长时间才意识到,当他人处在痛苦中时,一句简单的"真为你感到遗憾"是很令人欣慰的。

我的一个病人曾痛苦地告诉我，每当她想对身边的人讲述她的不幸时，那些人总会打断她说，那些事早在他们身上也发生过，他们也曾经历过她的痛苦。以至于她不再向别人倾述自己的痛苦，变得非常孤独。事实上彼此沟通仅仅需要我们去聆听。可往往在别人讲话的时候，我们总去打断他们，表示我们已经明白了，然后便开始把话题转向我们自己。但如果我们不打断他们，只是静静地聆听，他们就会知道我们一直都在关心他们所讲的内容。许多癌症患者都说过，在他们讲话时只需你的聆听就能帮助他们减轻痛苦。

在别人哭泣时，你也可以通过聆听帮他减轻心中的痛苦。过去，在我没有意识到聆听的重要性前，我总是给他们递纸巾，以为这也是让他们停止哭泣的一种方法，也可以减轻他们的痛苦。但现在，我知道他们需要的仅仅是我的聆听。当他们难过时，就让他们放声哭吧，只要他们知道我一直陪在他们身边聆听就好。

这看似简单的事情，但做起来并不容易。在我年轻的时候，常常对这种观点持反对意见。我认为他们一直在听是因为他们羞怯或者不知道怎样回答。

事实上，静静聆听是你最好的回应。

用心倾听比虚伪的话语更能治愈心灵的创伤，更能拉近人们的距离。

站在树下的男孩儿

在即将迈入大二那年的暑假，我受邀在密歇根州一所大学举办的高中部夏令营里担任辅导员。我平日里就很热衷于各种校园活动，便欣然接受了邀请。

第一天进入夏令营，在初来的激动与不自然褪去后，我注意到了那个站在树下的男孩儿。他很瘦小，而且明显的羞怯与不安使他看起来很虚弱。在距离我只有50英尺处，200名热情高涨的夏令营成员彼此碰撞着身体，玩耍着、取笑着、交谈着，除了那个在树下的男孩儿，他似乎更愿意身处在除了这里之外的任何一个地方。他所流露出来的孤独感几乎阻止了我要靠近他的念头，但是我谨记着年长同事的指导，一定要对那些不合群的孩子多多留意。

于是我便向他走了过去，对他说："你好，我叫凯文，是这次露营的辅导员。很高兴见到你。你感觉怎么样？"他极不情愿地用颤抖且羞怯的声音回答："我想，还好。"我继续问他，是否愿意参加到游戏中认识更多的新朋友。他平静地回答："不，这跟我没什么关系。"

我觉得可能他刚刚到一个新环境，对周围的一切很陌生。但是我又多少感觉这可能并不是真正的原因。他可能并不需要鼓舞的话，而是需要一个朋友。在一段时间的沉默后，我和这个男孩儿的初次谈话结束了。第二天午饭的时候，我尽可能响亮地为这200个新朋友领唱着校歌。他们都积极地参加着。我的目光在这响亮的声音中游走着，然后停在了昨天那个男孩儿身上，他孤单地坐在那里，目不转睛地望着窗外。我几乎忘记了要领唱的歌词。好不容易找到机会,我像以前一样问他同样的问题:"你怎么样?还好吗?"他也总是回答:"是的,我很好。我只是不想参与活动。"在离开自助餐厅时,我也意识到,这比我想象的还需要更多的时间和努力——当然,前提是这个男孩儿有可能在这里度完这段时光。

在晚上召开的同事会议上,我让大家知道了我对他的关注。我向同事们讲述着我对他的印象,并告诉他们如果可以的话,请特别关注并多花一些时间在他身上。我觉得那段时间是我每年在夏令营工作时过得最快的日子。当我意识到时,已经到了星期三,也是露营的最后一夜,正在举行最后一场舞会。同学们都尽他们所能地和他们的好朋友们享受着这最后的时刻,因为或许他们不会有再见面的机会。

我观看着孩子们分享最后的时光,这时我看见的情景成为我一生中最深刻的回忆。那个站在树下、孤独凝视窗外的男孩儿,此刻成为了一个尽情的舞者。当他和两个女孩儿跳着摇摆舞时,整个舞池都属于他。我看着他与那些前几天他都不曾看过的孩子们分享着这意义深长且亲密的时刻,都不敢相信那是他。在大二那年十月份的一天深夜里,一个电话把我从化学书里拉了出来。电话那头是一个温和且陌生的声音,她礼貌地问着:"请问凯文在吗?"

"我就是凯文,请问您是……"

"我是汤姆·约翰逊的妈妈。你还记得那个

能力训练营的汤米吗?"

那个站在树下的男孩儿。我怎么会忘记呢?于是我说:"当然记得。他是一个非常漂亮的男孩儿。他怎么了?"

一番不自然的停顿之后,他的妈妈接着说:"他这个星期放学回家的时候,被一辆车给撞死了。"震惊之余,我表示了我的哀悼。

她继续说:"我之所以给你打电话,是因为汤姆经常提到你。我想让你知道这个秋天他是带着自信回到学校的。他交了很多新朋友。他的成绩也有了很大提高。他甚至还有一些约会。我想感谢你,是你让他变得不同。这几个月是他一生中最美好的日子。"

那一刻,我突然明白了每天给予别人一些东西是多么容易的事。你可能从来都不知道即便是一个手势对别人来说也意义非凡。后来,我经常提到这个故事,用来激励周围的人去关注那些"站在树下的男孩儿"。

在生活中,每天多帮助别人一点儿是多么的令人轻松愉快。因为我们从不知道,哪怕是一个简单的手势,对接受帮助的那个人来说将会意味着什么。

黄色曲别针

乔治娅是我妻子的一个朋友,海湾战争爆发时,她听说有许多在服役的士兵没有家人,很需要笔友,她就开始坚持每天给25个士兵写信。军队中的指挥官如果看到有的士兵很少或从未收到信,就会把收信人是"任何士兵"的信件分发给他们,其中的25名,就是乔治娅的笔友。

每天与25名笔友保持联系,几乎耗尽了乔治娅的时间和精力。她给他们写诗、小故事,以及充满希望和鼓励的话语。没有时间,她会写一封信,复印后寄给每个人。如果有特别情况的时候,例如某人生日,她就会及时送去问候。

有一天,乔治娅收到了一名沮丧、消沉的士兵寄来的信,她考虑怎样才能帮助他振作起来。就在那时,她注意到自己所用的曲别针有各种颜色,她拿起一枚黄色的曲别针,并把它放

在手掌上拍了一张照片。她把这张照片连同那枚曲别针一起寄出,并附上了这样的话:"你看到的在我手上的这枚黄色的曲别针,代表了我给你的一个拥抱。你可以把这枚曲别针放在口袋里或身上的其他地方。无论何时当你感到情绪低落的时候,就去摸摸它,握住它,你就会知道有

人在关心着你,而且,如果她在那里的话,她也愿意拥抱你。"乔治娅把照片冲洗了多张,然后将照片、曲别针以及同样的话语寄给了所有与她通信的士兵。

战争结束之后,乔治娅收到了一张她手握黄色曲别针的照片,照片的背面是她曾给予"拥抱"的150个人的签名。

几年之后,乔治娅给一个班级上课,内容是对积极思想的研究。她给同学们讲了不同曲别针的象征意义,如粉色代表亲吻,绿色代表好运等等,当然少不了黄色。她还送给每人一个用各种颜色的曲别针做成的手镯。突然有位女士惊呼道:"原来你就是那个人!"这位女士对乔治娅说,她在看望她哥哥的时候,需要一样东西来把纸夹在一起,她注意到在冰箱上用磁铁吸着一枚黄色的曲别针,便想取下来用。她哥哥看到时,一把抢过曲别针,并责备了她,让她永远不要再碰那枚黄色的曲别针。现在她知道其中的原因了。

没有人知道乔治娅的那段话流传的范围有多广,也不知道曾有多少人曾被一枚普通的黄色曲别针感动过。

一个人身处悲观失望的处境时,可能需要的只是一份精神寄托,善良的乔治娅帮他们找到了,黄色曲别针就象征着希望与关怀。

葛莱斯彼先生

七年级的时候，我在镇上的一家医院里做志愿者。整个夏天，我每周都在医院工作30到40个小时。我在那里的大部分时间都是陪着葛莱斯彼先生，一个似乎从来也没有人关心的人。

很多日子里，我都握着他的手，和他说话，并帮他做任何需要做的事，即使他只是偶尔握一下我的手作为回应——葛莱斯彼先生一直处于昏迷之中。

后来有一周的时间，我离开了医院，去和父母一起度假。当我回来的时候，葛莱斯彼先生已经不在病床上了。我没有勇气去向护士打听他在哪里，因为我怕他们会告诉我他已经去世了。于是，我带着许多疑问继续在那里做志愿者，一直到我读完八年级。

几年之后，我在加油站看见了一张熟悉的脸，当我认出他是谁时，不禁热泪盈眶。他还活着！我鼓起勇气问他是不是葛莱斯彼先生，大约5年前他是不是曾处于昏迷之中。他满腹狐疑地看着

我,说道:"是的。"我向他解释我是怎样认识他的,以及我在医院里怎样一直和他说话。渐渐地他的眼里也涌上了泪水,还我一个热情的拥抱。

没有想到,他记得在他昏迷时有人对他讲话,还能感觉到一双温暖的手曾握着他的手。但他以为在那里陪伴他的一定不是人,而是一个天使。葛莱斯彼先生坚定地相信,一定是我的声音和抚触使他活了下来。

一时间,我们都哭了,再一次紧紧拥抱。

虽然从那以后我再也没有见过他,但他令我的心中每天都充满欢乐。我知道,我使他的生命发生了变化,更重要的是,他也给我的生活带来了巨大的变化。我永远不会忘记他以及他对我说的话:我以为你是天使!

"予人玫瑰,手留余香。"帮助他人与被人帮助,都让我们心中充满感动,这感动让我们都变成了天使,并向更多的人传播爱心。

最好的礼物

那时,我还在上高一。一天,我看到我们班的同学凯尔正步行回家。看样子,他似乎要把所有的书都背回家去。我禁不住想:"怎么会有人在周五就把所有的书都带回家去呢?他一定是个书呆子。"而此时,我的周末计划却安排得十分详尽,先是参加派对,然后在第二天下午与朋友们踢足球。想到这儿,我耸了耸肩,继续走我的路。

正走着的时候,我突然看见一群孩子朝他跑了过去。他们追上了他,把他怀里的书都抢来扔到地上,还把他绊倒在地。结果,他摔在泥地里,眼镜也被打飞了,落在离他10英尺远的草地上。他抬起了头,眼中充满了极度的悲伤。

此时,我的心不由自主地被触动了,于是向他跑了过去。在他趴在地上找眼镜时,我看到了他眼中的泪水。

我帮他拾起了眼镜并递到他手上,说:"他们都是些愚蠢的人,早晚会得到报应的。"

他看了看我,说道:"嗨,谢谢你了!"这时,他的脸上才露出了笑容。显然,这笑容传递着他内心的感激之情。我帮他拾起了书,又问他住在哪里。从他的回答中得知,他住的地方离我家很近。于是我问他,为什么以前从未见过他。他回答说,在来这所学校读书之前,他上的是所私立学校。

在此之前,我从不与私立学校的学生来往,但这次,我却帮他拿着书,陪着他一路聊天回家。通过交谈,我发现他其实是个很不错的人。我

问他是否可以与我以及我的朋友们一起踢足球,他一口答应了。整个周末,我们两个都在一起。渐渐地,我对凯尔的了解越来越多,并且越来越欣赏他。我的朋友也都这样认为。周一的早晨,他又一次想背起那个沉重的大书包。我制止了他,说道:"为什么这么傻啊,你每天都背这么一大堆书,是想要练就一身强壮的肌肉啊!"听了我的话,他只是笑,然后把一半书递给了我。在接下来的4年里,我与凯尔成为了最好的朋友。

升入高年级后,我俩开始考虑上大学的事情。凯尔决定去乔治敦,而我则想去杜克。我知道,我们永远都是最好的朋友,距离绝对不会是问题的。他想成为一名医生,而我则想用足球奖学金经商。凯尔是我们班毕业致辞的代表。

我总是开玩笑说凯尔是个书呆子。他还必须为毕业准备一个演讲,我很庆幸站在讲台上演讲的那个人不是我。

毕业的日子终于来临了——我看到了凯尔,他看起来好极了。他是在高中生活中真正把握住自己的那种人。他变得成熟了,戴着眼镜显得更好看。他的约会比我的还要多,似乎所有的女孩儿都喜欢他。

这个男孩儿啊!我觉得自己有些嫉妒他了。事实上今天就是这样。我能看得出他对这次演讲有些紧张。因此,我拍了拍他的背说道:"嗨,伙计,你是最棒的!"

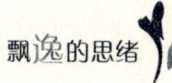

他看了看我,脸上再次露出了感激的表情,并且笑着说:"谢谢。"演讲开始了,他清了清喉咙,开始讲话:"毕业的时候,正是你应该借此感谢那些帮你度过最困难时期的人的时候。这其中包括你的父母、老师、兄弟姐妹,也许还有你的指导老师……但最主要的是你的朋友。在这里,我想告诉你们的是,做别人的朋友是你能给予他们的最好的礼物。在此,我想给你们讲一个故事。那天……"我吃惊地望着我的朋友,真令人不敢置信,他所讲的正是我们第一天相遇的事情。事实上,他本来打算在那个周末自杀,他谈及自己当时是如何把课桌收拾干净、把所有的东西都带回家的。他还说,这样做,他妈妈以后就不用再帮他收拾了。他看了看我,给了我一个微笑:"谢天谢地,我仍然活着。我的朋友阻止了我,让我没能做出那种后果不堪设想的事情。"

当这位深受大家喜爱的帅气男孩儿告诉我们他最脆弱时候的事情时,我听到人们都深吸了一口气。我看到他的父母都在看着我,他们的脸上也带着同样的微笑。直到那时,我才意识到凯尔对我的感激之情是怎样的刻骨铭心。

决不要低估你的行为所具有的力量,仅仅因为一个举动就会改变他人的一生,无论是好是坏。朋友走进彼此的生命,在某种程度上影响着对方。朋友就是天使,当我们拥有翅膀却不知如何去飞翔的时候,他们能够帮你站起身来。

"古怪"的玛丽

"你们班今天来了位新生。"校长边说边匆忙地向楼上走去,"哦,对了,她的名字叫玛丽。关于这个学生我得找时间和你谈谈。待会儿到我办公室去一趟吧。"

我点了点头,看了看自己拎着的各色彩纸、几瓶胶水,还有几盒小剪刀,又补充了一句:"好啊,我刚从材料室出来,我今天要教学生怎样做情人节信封,新同学应该很快就能够适应新环境的。"

我已经连续3年带四年级的学生了,所以我非常清楚学生们多么喜爱情人节(还有一周就要过节了),如果我把这些做情人节信封的材料放在每个学生的书桌上,孩子们见了该会多么开心啊!玛丽也一定会加入的,说不定她还会和新朋友开心地聊天呢!我一边想着一边向楼下走去。刚进教室时,我并没有看到玛丽,后来才发现她坐在教室的最后一排,她把两只手放在膝间,将头深深地埋在胸前,样子略显忧郁,浅褐色的头发柔顺地垂在面颊两侧。

"玛丽,欢迎你来到我们班。今天,你将和大家一起学做情人节信封,这样,情人节那天你就可以带着它参加我们的聚会了。"她没有回答。难道她没听到我说的话吗?叫着她的名字,我又清清楚楚地把话重复了一遍。她慢慢地抬起了头,盯着我的双眼。刹那间,我脸上的笑容凝固了,我感到一股寒意涌遍全身。玛丽的眼神中充满了淡漠——从前我曾经看到过这样的眼神,那眼神来自于一个精神病患者。当我还是个大学生的时候,曾在精神病院见到过她。当时,她觉得生活令她无法忍受,她的医生对我说:"她想从这个世界上消失。"她真的这样做了,在患上精神病后,她竟然无情地杀害了自己的丈夫,而后又离家出走了。

可是这个孩子——要不是她那双淡漠的眼睛,她看上去就像我可爱的小侄女。我的上帝啊,在她身上到底发生过怎样可怕的事情啊?我本想上前去拥抱她,让她的痛苦从此消逝。但我并没有那样做,而是从她身后的书架上取下几本书,把它们放在她的膝上。"你会用到这些书的。喜欢它们吗?"听了我的话,她机械地翻了翻书,又把它们合上。这时,上课铃响了,学生们从冰天雪地的操场上一窝蜂似的涌进了教室,与此同时也带进一股寒气。当他们发现每个人的书桌上都有一些彩纸和工具的时候,都显得异常兴奋。我来不及多想,便把玛丽叫到讲台前,让她在全班同学面前做一下自我介绍。可玛丽只是默默地站在那里,甚至连抬头的勇气都没有,孩子们看了,都感到十分迷惑。为了转移孩子们的注意力,我开始讲起情人节信封的制作要领来。我向学生们介绍了制作信封的材料,告诉他们如何才能做好,装饰好它们。同样,我也把一些彩纸和工具放在玛丽桌上,并让她的同桌为她提供些帮助。当孩子们全神贯注地制作情人节信封的时候,我悄悄地来到了办公室。"请坐,"校长说道,"我会告诉你关于这个孩子的一切。"

她继续说道:"这个孩子和她的母亲相处得非常好,她们母女二人孤苦伶仃地生活在底特律郊区。几周前的一个晚上,一个歹徒闯入她家,并当着玛丽的面将她的母亲杀害了。玛丽大喊着跑到邻居家。从她母亲出事后,她再没哭过,也再没提起过她的妈妈。"

校长叹了口气,继续说道:"当地负责人把她送到她唯一的亲属——她已婚的姐姐家中。她姐姐今天早上把她带到这儿来的。看样子,她姐姐过得也不是很好。她已经离婚了,还有3个年幼的孩子要抚养。而玛丽则成为了她的新负担。"

"我能做些什么呢?"我结结巴巴地说道,"我以前从没有遇到过这样的情况。"我开始感到有些不知所措。

"只要付出你的爱,"校长说道,"把你所有的爱都给她,越多越好。她身上失去的爱实在是太多了。你必须有信心,这样你才能够让她慢慢

恢复正常。要相信你自己,只要你不失去信心,就一定能成功。"

当我重新回到教室的时候,发现孩子们都不愿与这个"奇怪"的孩子交朋友。不过玛丽对此并不在意。甚至连一向友善的克里斯汀也愤愤地说:"我一句话也不想和她说了。"我在写给校长的便条中写道:"希望可以让玛丽暂时离开我们班一会儿。我必须在班里的孩子们把她当成一个'怪人'之前,让他们了解真相,并向玛丽伸出友谊之手。"

"玛丽曾经受到过很深的伤害,"我温和地对学生们说道,"她之所以会如此孤僻,就是因为她害怕再次受到伤害。你们知道吗?她的妈妈刚刚过世,她身边已经没有可以呵护她的亲人了。你们应该对她多份耐心、多份理解。也许我们要花很长时间才能看到她的笑容,才能让她和大家融洽相处,但是你们可以尽力去帮助她。"

当这些孩子知道一切后,非常同情玛丽,他们决心要帮助她。情人节那天,玛丽收到的卡片最多,但她只是把每张卡片看了看,然后便把它们全部放进了自己的信封。她并没有把这些卡片带回家去,但至少她亲自看了。玛丽每天都穿着单薄的衣服,根本不能抵御这样寒冷的天

气。她的手也被冻裂了——她根本不戴手套，有些地方已经渗出血来了。她好像被手上的伤和这寒冷的天气伤到了。我帮她缝好衣服上的扣子，孩子们则从家里给她带来帽子、丝巾、毛线衫，还有手套等等。克里斯汀就像个小妈妈，在玛丽出教室前总会帮她把衣服扣好，让她暖暖和和的，并且还坚持每天和玛丽一起上下学。

虽然我们大家一直在努力，但我们却始终没能打开玛丽的心扉，她仍旧像此时三月份的天气一样，寒冷而沉闷。我快要失去信心了。我的心在隐隐作痛，我是多么希望玛丽可以再次变得活泼起来，重新回到这美丽而又充满未知、快乐的世界啊！是的，我一定要做到，哪怕此刻我会有些心痛。

上帝啊，请让小小的奇迹降临在我们身边吧。我们多么渴望在她身上会有奇迹发生啊。我默默地祈祷着。一转眼，时间到了3月末，一个小男孩儿高兴地告诉我，他在校园里看到知更鸟了。听了他的话，大家都涌到窗边向操场上看。"春天来了！"孩子们高兴地叫道，"我们给教室添些花儿吧！大家一起编花篮！"

为什么不呢？只要能够让我们的情绪更好些，这绝对值得一试。这一次，我们选择了一些漂亮的蜡光纸——用褐色的纸带编成花篮。我开始教孩子们如何编花篮，如何把迎接春天的花儿做出来。想到情人节那天发生的一切，这一回，我对玛丽并没抱有多大希望，即便如此，我还是把一些漂亮的蜡光纸放在她桌上，并鼓励她和大家一起试一试。然后我让孩子们自己做，之后的半个小时里我一直忙于捡拾孩子们扔在地上的纸屑。

就在这时，克里斯汀匆忙跑了过来对我说："快过来看看玛丽的花篮吧！太漂亮了，这简直让人不敢相信！"我怀着激动的心情来到玛丽身边，玛丽编织的花篮果真可爱极了。不止是花篮，还有那些美丽的风信子花儿、像一只只高脚杯的水仙、被精心装扮起来的番红花，还有紫罗兰——谁也不会想到，如此杰作竟会出自一个小孩子的手中。

"玛丽，"我激动地说道，"好漂亮呀！你是怎么做到的呢？"这会儿，我分明从她的眼中找到了其他孩子眼中所具有的那种光芒。

"我妈妈喜欢花儿,我家的花园里曾种过这些花儿。"她开心地回答道。

我在心中默默地说着:"感谢您,我的上帝。您果真送给我们一个奇迹。"我跪在地上抱住了玛丽。原本噙在她眼中的泪水也慢慢地从她脸上滑落下来,不一会儿,她便伏在我的肩上抽泣起来。其他的孩子也都忍不住哭了,可是他们和我一样,流下的是幸福的泪水。我们把玛丽做的花篮挂在了教室最前面。直到6月份,本学期已经结束的时候,那个花篮仍挂在那里。离校的那天,玛丽小心地把花篮取了下来,拎着它向外走去。突然,她又飞奔了回来,从花篮里取下一枝番红花递给了我。"这是我送给你的花儿。"她说完又给了我一个深深的吻。那年夏天,玛丽离开了我们的学校;我从此便与她失去了联系。但是我却永远也不会将她忘记。直到现在,我仍然珍藏着那枝番红花——它会让我想起玛丽,想起爱与信念的力量。

爱是神奇的,只要有爱,再深的伤痕也能愈合;只要有爱,再大的恐惧也会消失。因此,只要我们多付出一些爱,就会让别人得到更多的温暖,产生爱的奇迹。

爱的奇迹

在20世纪初期,两名医学院的毕业生和他们的父亲在堪萨斯州托皮卡城外的农场里,开了一家小疗养院。那时在精神病治疗法中正流行一种"修养疗法",许多病人都被送到公共治疗机构接受治疗。

但是这位父亲和他的两个儿子却不赞同这种治疗方法。他们决定在医院营造出一种家的氛围,让医务人员像照顾家人一样照顾病人,使他们体会到特殊的关爱。所有的护士都要接受专门的培训,要做到"让每一位病人都知道你很重视他们,用心关爱你的每一位病人"。

他们就是闻名世界的临床主治医师卡尔和威廉。他们采用这种"改革"的方法成功地治愈了无数名患者。卡尔说:"是爱心治愈了病人——一方用心关爱,另一方用心接受。无形的爱充满了医院里的每一个角落。它才是使病人痊愈的真正原因。是爱心创造了这些奇迹。"

每个人都需要他人的关爱,身患疾病的人则更加渴望得到他人的关怀。我们不仅要在物质生活上给予关怀,更要用爱心唤醒他们战胜疾病的信心,鼓励他们创造奇迹。

眼中的爱

一位奶奶带着脸上长满红雀斑的小孙女去了动物园。

动物园里的孩子们正在排队等待着当地的画家为他们在脸上画老虎的爪印。

"你脸上长了那么多的雀斑,都没有地方画爪印啦!"站在队伍里的一个男孩儿对小女孩儿大声说。

小女孩儿羞怯得低下了头。这时她的奶奶蹲下来对她说:"我喜欢你的雀斑。"

"可我不!"女孩儿沮丧地说。

"当我还是小女孩儿时,我总是希望自己脸上能长可爱的小雀斑。"她的奶奶边说边用手抚摸着女孩儿的脸颊,"雀斑使人看起来很漂亮!"

这时女孩儿将信将疑地抬起头。

"真的吗?"

"当然了。"她的奶奶说,"就像我脸上还有比雀斑更漂亮的东西一样,你猜猜是什么?"

女孩儿仔细地看着她奶奶充满慈祥爱意的脸,然后她轻轻地答道:"是皱纹!"

无论孩子是否健康、聪明、漂亮,在亲人的眼中,孩子的一切都是完美的。很多时候,只要我们用爱的眼睛去看孩子的瑕疵,瑕疵也会成为美丽的点缀。

有人曾说过,真爱的标准就是无条件地去爱。不管妻子是成功还是失败,这个男人对她的感情就是全部的包容和爱。他的爱可以用来庆祝她的胜利,也能够抚平她的创伤。无论生活的道路上有什么样的遭遇,他始终都会支持她。

情爱的甜蜜

- 维系婚姻的是什么
- 照片中的记忆
- 无条件的爱
- 爱的约定
- 不离不弃
- 爱如断臂
- 未实现的约会
- 桌布的秘密
- 克里斯的日记
- 幸运的礼服
- 短暂的30天

维系婚姻的是什么

"我想提个问题,教授。请问既然您认为维系婚姻的不是浪漫,那应该是什么?"一位学生坚持认为浪漫才是维系婚姻的纽带。一旦浪漫消失了,婚姻也就走到了尽头。

同学们也都想听听这位著名的教授给他们做出的解释。

教授望着台下的学生们,缓缓地说:"我想把我父母的婚姻告诉给各位,不过,他们的婚姻也许在你们看来太传统了。

"我的父母在一起生活了整整52年。可是就在一天晚上,母亲说她有些累,便上楼休息去了。当父亲发现她很久也没有下来时,便到楼上看看,却发现她已经去了另一个世界。

"在葬礼上,父亲几乎没有落一滴泪,显得异常平静。晚上回到家中,我们几个子女围坐在父亲周围,空气中都充满了那种浓浓的哀思和悲伤。父亲开口问做牧师的哥哥,母亲现在应该在哪里,在做什么。于是哥哥仔细地为父亲讲着,他听得那么专注,好像母亲要去的每一个地方,他都要先用爱心为她铺好路。忽然,父亲说要去墓地。我们都劝慰他,现在已经是夜里12点了,不能去墓地。可是他却带着怒火,大吼道:'你们不要劝我,你们忍心拒绝一个刚刚失去陪他走过52年的爱妻的老头子吗?'

"大家都不说话了,屋子里安静极了。过了一小会儿,我们便跟着父亲来到了墓地。在向守墓人说明原因后,我们便来到了母亲的墓前。

"父亲抚摸着墓碑,哽咽着对我们说:'知道吗?孩子们,如果这52年

美好的时光不和你们的母亲一起度过,那么我们还能谈论什么是爱情呢?'他顿了顿,擦去了眼角的泪水接着说:'我们一起建造了现在的农场,我们一起度过灾难。我们彼此鼓励一切都会过去的,失去的我们一定还能得到,我们共同分享着儿女成家立业的喜悦,一起分担失去双方至亲的悲伤,我们面对痛苦相互支撑,我们宽恕对方所犯的错误……孩子们,现在一切都已经过去了。我感到很高兴,知道为什么吗?因为她走在我的前面,不必承受埋葬我的痛苦,不必一个人孤零零地活在这个世界上。这一切就由我来承受,我感谢上帝给我们这样的安排。我是那么爱她,怎么能舍得让她来承受这一切呢?'

"父亲的话说完之后,我们几个孩子都泪流满面。我们上前拥抱着父亲,他则安慰我们说:'走吧。我们回去吧。今天过得很好。'这一晚,我深刻体会到了维系婚姻的到底是什么,那就是两个真心相爱的人彼此长久地付出和关怀。"

在场的学生都沉默不语,更没有人站出来反驳教授。因为他们知道,那种维系婚姻的真情是他们从来没有体会过的。

所谓的浪漫,也许是年轻人追求爱情、婚姻的目的,而要求相爱的人长久地付出与关怀,似乎成了一件难事。让我们冷静地审视我们的爱情、我们的婚姻,是不是应该细细地过滤一下,滤去那些浮躁和烦乱,只留下那份浓浓的来自岁月的沉淀。

照片中的记忆

"她是我见过的最美丽的人。"祖父回忆道。

我和弟弟道格正盘腿坐在起居室的地板上。他在看电视上播放的一部西部电影,我则百无聊赖地翻看着祖父母的一本影集。祖母的一张照片引起了祖父的注意,他惯常的亲切、轻松的笑容不见了,取而代之的是一种安静的沉思。一阵沉思过后,祖父给我和弟弟讲起了故事。

祖父年轻的时候身材高大、体格健壮,常常在户外工作。对于我和5岁的弟弟来说,我们面前的这个人依旧是个带有传奇色彩的人物。但我也不得不承认,现在他的双肩已经不再坚挺,手也饱受关节炎的折磨。他坐在沙发边上看着我们,仿佛在试图确定我们是否已经成长到足够理解他将要对我们所讲内容的年龄。他凝视了我们片刻,然后转向坐在几英尺外的祖母。在他讲述他们如何相识的经过时,他的眼中始终充满了柔情。

"我第一次看到自己未来新娘的时候,她与她父亲和两个姐姐在一起。当时,她的父亲正在谈生意,几个女孩儿子则坐在那辆旧的敞篷小货车后面。"在他激动地讲述自己的故事时,祖母的手停了下来,她把正在编织的东西放在了膝上的裙褶中。她听着这个熟悉的故事,对祖父报以温暖的一笑。

祖父继续讲着:"当她的父亲忙于应酬其他绅士的时候,我则在忙于注视着她和她的两个姐姐。她们就坐在那辆旧的敞篷小货车后面,双脚活泼地前后摇摆着,一边吃吃地笑,一边互相窃窃私语。她有一头红

发,是我所见过的最美丽的人。我情不自禁地……"

祖母此时笑逐颜开,她很喜欢这种称赞,祖父并不经常这样浪漫。"……于是我就跑了过去,抓住了她的腿。"

祖母皱起了秀丽的眉,眨着蓝色的双眼,大声叫道:"哦,默尔,别说了!天哪,你怎么能给孙子们讲这样的故事!"但事已至此,无法挽回。我和弟弟笑不可遏地一起滚倒在地板上。祖母还在埋怨着祖父,但毫无作用,祖父和我们一样笑得前仰后合。

祖母似乎有点生气,她拿起自己的钩针,开始继续用指间的纱线编织起来,但我看到她迅速向祖父眨了一下眼,这与我面前的这张照片上捕捉到的表情一模一样。

多年之后,我再次想起了那个表情。那是在祖母去世几个月之后,我去看望祖父,我又坐在了他们的起居室里。我拿起一本旧影集,开始随意翻看,偶然间又看到了那张祖母的照片。

照片中的祖母最多只有18岁,戴着一顶小巧的帽子,正越过肩部投来一个可爱的眼神。祖母在笑,她当时的那种美丽,连我都被深深打动了。

然后我注意到祖父变得安静了,他坐在我的旁边,倚过身子,看着那张照片。他伸出手来,用一根皮肤硬结的手指抚摸着影集的那一页。他注视着那张照片,看了很久,然后柔声说道:"这就是……这就是我爱上她的原因。"然后他转向我,欢快地笑着说:"我给你讲过我第一次看到她时的情景吗?她是我见过的最美丽的人……"

  爱情,是一种信仰,它贮存在人最珍贵、最真诚的地方——我们的心里。它与生命同在,与灵魂同在……当两颗心在相爱中渐渐老去,尽管失去了火焰,却依然保持着光辉。

无条件的爱

弗雷达·布赖特说过:"只有在歌剧中,人才会因爱而死。"的确如此。你真的不可能因为爱一个人而死。我听说过有人因得不到爱而死,却从未听说任何人因被爱而死。爱人之间是永远都爱不够的。

有一个感人的故事,讲的是一个女人终于决定向老板提出加薪的

要求。一整天,她都感到焦虑不安。下午的时候,她鼓起勇气去见了老板。令她感到欣喜的是,老板同意给她加薪。

当晚,女人回到家后,看到漂亮的餐桌上摆放着他们最精美的餐具,还有一对蜡烛散发着柔和的光芒。她的丈夫已经提早回家,准备了一顿庆祝宴。她不知道是否办公室里的人向他透漏了消息,或者他就是知道她不会被拒绝?

她在厨房里找到了他,并把这个好消息告诉了他。他们拥抱、亲吻,然后坐下来共享美餐。女人在她的盘子旁边发现了一张字迹优美的便

笺,上面写着:祝贺你,亲爱的!我知道你一定会加薪的!我所做的这一切是为了告诉你,我有多么爱你。

晚餐后,丈夫去厨房洗碗,她注意到又有一张卡片从他的口袋里掉了出来。她从地上捡起这张卡片,读着上面的话:"不要因为没有加薪而烦恼!无论如何都会给你加薪的!我所做的这一切是为了告诉你,我有多么爱你。"

有人曾说过,真爱的标准就是无条件地去爱。不管妻子是成功还是失败,这个男人对她的感情就是全部的包容和爱。他的爱可以用来庆祝她的胜利,也能够抚平她的创伤。无论生活的道路上有什么样的遭遇,他始终都会支持她。

特里萨修女在接受诺贝尔和平奖时说:"你能为促进世界和平做些什么呢?回家去爱你的家人吧。也要爱你的朋友,无条件地去爱他们!"

爱就是两个人相知相守,不离不弃,包括贫穷或疾病时的互相分担。拥有真爱的人都知道,无论生活中有多少坎坷和困难,总会有一个人始终与自己同舟共济。

爱的约定

好不容易盼到新画展开幕,爱琳早早地来到展厅,一个人安静地徜徉在画廊中,认真欣赏每一幅作品。

忽然她的背后响起一个女人的声音:"这幅画的背景是水蓝色的,有几只海鸥在远处飞行,它们的颜色和那年我们去海边看到的一模一样。画的右下角有一块礁石,上面布满了……"

爱琳很不高兴有人这样欣赏艺术,她回头看了一眼,发现那个女人正在对她旁边的男士喋喋不休地说着。爱琳不想让他们打扰自己的心情,便转身来到另一间展厅。可是不一会儿,她发现他们也来到了这里,那个女人仍然滔滔不绝地说着。无奈,爱琳只得转向其他的展厅。就这样,一天之中他们相遇了好几次。

就在爱琳将要离开展厅时,又在大厅碰见了他们。爱琳注意到,男人从口袋里掏出一根白色的东西,拉开之后就变成了一根长长的手杖。他轻轻地敲打着地面,向衣帽间走去。

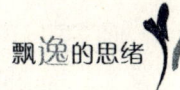

飘逸的思绪

"他真是个勇敢的人。"一位检票员推了推鼻梁上的眼镜,语气很感慨,"如果是我在这么年轻的时候失明,恐怕早就放弃生活的勇气了。可是他在康复期间一直对妻子说,一切都不会改变。他做到了,生活还像以前一样,每次有新画展,他都会陪妻子来看。"

"可是他什么也看不见,他能体会到什么呢?"爱琳有些不解。

"他可以看见的!他的妻子会把一切都告诉他,他甚至比我们看到的还要多。"检票员十分肯定地说,"在他的心里,他看到了一切。"

正在这时,男子拿着他妻子的外衣从衣帽间走了出来。爱琳满怀敬意地看着他们携手远去,并为刚才自己的想法感到一阵阵后悔。

面对爱情,也许我们经历更多的不是生与死的选择,而是各种磨难的考验。在困境中坚守爱的约定,我们更需要勇气和耐心做成的拐杖,来为我们指引幸福的方向。

不离不弃

贝克是个公认的好丈夫。他的妻子生病卧床多年,他默默照料着妻子,没有过一丝抱怨;妻子病情好转以后,他更是对妻子像生病时一样尽心呵护。许多人都向他的妻子请教他们的相处之道,怎样能保持这么长久的爱情。他的妻子却只是微笑不语。其实贝克和妻子以前相处时经常吵架,妻子生病后的一个时期内,他也曾想过要放弃这段感情,但他的一段亲身经历彻底地让他改变了想法。

那段时期贝克的心情非常糟糕,妻子生病后不但将全部的生活压力都压在他一个人身上,而且妻子生病后的性格似乎也发生了变化,她总是无缘无故的大发脾气,再也不像以前那样温柔了,他感到非常苦闷,决定考虑和妻子分手。他在街上漫无目的地走着。当他走到一处铁道口时,一阵震耳欲聋的汽笛声打断了他的思绪,一列火车呼啸着从远处开过来。此时他注意到,一对男女正在跨越火车轨道,本来有充分时间通过的他们,却突然间停在那里。原来,女人的鞋跟深深地卡在了铁轨和护板的缝隙中,此时火车已经离他们越来越近了,贝克连忙冲过去帮忙,男人试图解开女人的鞋带,但一时之间却难以达到目的,贝克试图帮忙扯断鞋带,但根本没有效果。于是他们开始将女人往外拉,此时火车已经距离他们只有二十几米了,而火车的司机似乎并没发现前方的危险。"没有希望了,咱们救不了她了,快走。"贝克冲着那个男人大喊道。而女人也意识到这一点,她拼命地想把他推开。时间来不及了,贝克连忙离开了,火车风驰电掣般地冲了过来,贝克只听见男人说了一声

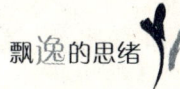

"我要和你死在一起",然后便是火车的隆隆声,紧接着就是死一般的寂静。

贝克被这悲壮的场面惊呆了,也为男人在生死关头的举动震撼了。他开始谴责自己的薄情寡义,他开始对自己为一点小事就产生抛弃自己妻子的想法而感到可耻。刚才事故中的男人本来有很多机会能够脱险,但他却没有让自己的妻子独自面对危险,选择和妻子一起承受,他用自己的生命来诠释对妻子的爱。

贝克在此刻做了个决定,他要一生和妻子在一起,无论将来会发生什么困难和危险,也要不离不弃。

爱情是相互扶持,是患难与共,是生死相随。无论贫困、灾难还是疾病,与自己爱的人在一起才是最大的幸福。

爱如断臂

"如果我再把胳膊摔断了怎么办啊?"我5岁的女儿问道。我能看见她的下嘴唇正在发抖。我跪在地上,稳稳地抓住了她的自行车,并直视着她的眼睛。我明白,女儿非常想学会骑自行车。每当她的朋友们骑着自行车路过我家门前时,女儿总会觉得自己像被他们抛弃了似的。可是她上次学自行车时,不小心从车子上摔了下来,还把胳膊摔断了。从那以后,她便一直很害怕学骑自行车。

"噢,亲爱的,"我说道,"我可不认为你会把另一只胳膊也摔断!"

"但会有这种可能的,不是吗?"

"是啊。"我承认女儿的话很有道理,但此时我却仍要找出一些理由说服她。每到这时,我都希望身边可以有人帮帮我,让我的女儿不再有任何难题。可是,经过一场痛苦的婚姻后,我宁愿只做个单身妈妈。我曾态度坚决地告诉每个帮我介绍男友的人说,我已抱定终身不再嫁的想法了。

"我不想学了。"她边说边下了自行车。

我陪着她走到了一棵树下休息。

"难道你不想和朋友们一起骑车吗?"我问道,"我还以为你希望明年可以骑着自行车去上学呢!"

"是的,我是很希望。"她回答着我的话,然而,声音却有些发颤。

"你知道吗,宝贝,"我说道,"很多事情都是带有风险的。汽车失事也可能会弄断胳膊,如果这样想的话,你是不是坐在汽车里也会感到害怕呢?跳绳、做体操也有可能弄断胳膊,难道说,你连体操也不想练了吗?"

"不,我想。"说完后,她坚强地站了起来,同意再试试。我帮她扶着车尾,直到她有勇气说:"放手吧,妈妈!"

我用一下午的时间,在公园里看着这个无比坚强的小女孩儿是如何克服恐惧的,那一刻,我觉得自己终于可以做一位称职的单身妈妈了。

我们推着自行车沿着人行道向家走去。女儿突然问起昨晚我和母亲的一段对话,她是无意间听到的。

"昨晚你为什么要和外婆吵架呢?"

许多人想安排我去相亲,而母亲正是其中的一个。我曾多次拒绝她为我介绍的所谓"合适"的对象,可她坚持认为史蒂文会与我合得来。

"没什么事。"我对女儿说道。

听了我的话,她耸了耸肩,说道:"我听外婆说,她只不过是想让你找个人来爱。"

"你外婆是想再找个人来伤我的心!"我厉声说道。我很生气,母亲竟然把这件事对我的女儿说了。

"可妈妈……"

"你还太小,根本不明白这是怎么一回事。"我对她说。

接下来的几分钟里,她一直很安静。之后,她抬起了头,轻轻地对我说了句让我深思的话。

"那么,我猜爱情与断胳膊就不是一回事了。"

我无言以对,在剩下的路途中,我们一直保持着沉默。到家后,我给母亲打了个电话,责备她向我女儿谈及那个话题。但接下来,我却做了一件勇敢的事,就像女儿在花园里所做的那样——我同意和史蒂文见面了。

正如母亲所说的那样,史蒂文的确很适合我。相识不到一年时间,我们就结了婚。后来,事实证明,母亲和女儿是正确的。

走在生活的迷宫里,难免磕磕碰碰,是爬起来继续向前,还是沉湎于旧日的伤痛?不同的选择将有不同的人生。战胜恐惧只是一念之间,而快乐和幸福将会无限……

未实现的约会

女孩儿对着镜子看看自己,便慢慢地把镜子放下了。原本充满朝气的脸庞已经看不见了,镜子里是一张苍白消瘦的脸,这让她那原本美丽的大眼睛变得有些空洞。都是因为得了那种奇怪的病,自己才变成现在这样。可是她知道,那种病的最终目的是想夺走她的生命。就这样,在16岁花一样的年龄,女孩儿告别了校园,和父亲做伴,终日与病魔抗争。天天从窗户看外面的那一小片天空,让女孩儿觉得很压抑。这一天,她鼓起勇气对父亲说,她想出去走走。父亲看了看她,只是叮嘱她小心些,不要走得太远。

女孩儿慢慢地在街上走着,看着一家家小店。当路过一家书店时,透过玻璃,她看见了一个和她年龄相仿的男孩儿。不知道为什么,也许是爱神的指引,女孩儿推开门走进店里。女孩儿向那个男孩儿走了过去,越走越近,直到站在男孩儿的柜台前。男孩儿也注意到了女孩儿,笑着问她:"你好,有什么可以帮你的吗?"对于女孩儿来说,她看到了今生最美的笑容。此时,她真的好想让男孩儿把她拥入怀中,或是在她的额头留下轻轻的一个吻。

女孩儿一想到这些,自己就变得有些紧张。她抬眼看见了漫画,便随手拿起一本说:"我想,想买本漫画。"然后把钱递给了男孩儿。"需要我为你把这本漫画包起来吗?"男孩儿笑着问。女孩儿看着男孩儿的笑容,点了点头。男孩儿转身,很快便包好了漫画,转身递给了她。女孩儿似乎没有在书店里多停留的理由了,于是她恋恋不舍地离开了书店。

在这之后,她每天都会去书店买一本漫画。而男孩儿都是笑着为她包好。女孩儿回到家里,把这些漫画轻轻地摆放在床头的书架上。女孩儿舍不得拆开这些漫画,因为她觉得上面有男孩儿淡淡的气息,她想留住这种美妙的感觉。她想请男孩儿陪她走走,哪怕只有短短的一段路也好。可是她不敢说,她一次次地去买漫画,却一次次地放弃了开口邀请的机会。终于有一天,父亲发现了女儿的心思,父亲说,不管怎样,你都应该去试试,说不定他正等着你的邀请呢。于是在这一天出门的时候,女孩儿特地在镜子面前用心地打扮了一番,便向书店走去。就像往常一样,男孩儿依旧转过身为她把书包好。女孩儿紧张地把带有她的电话号码的纸条和钱一起放在柜台上。当男孩儿一转身,她便接过书快步离开了书店。

第二天,电话响了,女孩儿的父亲接起了电话,是那个男孩儿打过来找女孩儿的。女孩儿的父亲强忍住泪水说:"她在昨天下午已经离开我了。"电话那一边是长长的沉默。

过了些日子,当女孩儿的父亲从失去女儿的巨大痛苦中渐渐清醒时,他来到了女儿的房间,看见了床头柜上的那些书,它们包得那么漂亮,只是落了一层薄薄的灰。父亲发现,这些书居然没有一本被拆开过。于是他带着好奇拆开了其中的一本。这时,一张小卡片滑落出来,只见上面写着:"你好,你真的很可爱,你愿意……愿意和我一起出去走走吗?"落款是威廉。此时,女孩儿的父亲百感交集,当他把那些书都打开时,发现了许多写着相同话语的小卡片……

当我们遇到喜欢的人,请一定不要用"等明天再说"的想法来掩饰自己今天没有勇气的行为。今天就勇敢地说出来吧,也许明天一切都晚了。

桌布的秘密

女儿即将出嫁了,看着父母相濡以沫、和睦美满的婚姻,对自己的未来有几分期待,又有更多的担忧。像是知晓女儿的想法,母亲提着个小箱子走进了女儿的房间,说道:"你就要出嫁,也到了可以分享幸福婚姻秘诀的时候了。"

母亲打开箱子,里面是3块勾织的桌布,其中一块尚未完成,旁边还放着一本存折。女儿不解地问:"妈妈,难道桌布里有幸福婚姻的秘诀吗?"

"当然,"母亲回答说,"这就是你外祖母告诉我的秘诀。我和你爸爸结婚的时候,我妈妈告诉我,幸福婚姻的秘诀就是不要争吵。她教了我一个法子,假如我很生你爸爸的气、想要吵架时,就去静静地勾织桌布。"

"妈妈,你太伟大了!和爸爸结婚30年,你只织了3块桌布。"女儿既感动又钦佩地说。

"别急,孩子。"母亲又拿起那本存折,翻开给女儿看,上面陆陆续续一共存了1.5万美元。迎着女儿不解的目光,母亲微微一笑,说:"而这些,是我卖桌布挣得的钱。"

幸福美满的婚姻,需要用心去经营。夫妻间多一分宽容、体谅,少一些争吵,这就是桌布里蕴藏的秘密。

克里斯的日记

雨已经接连下了一个多星期了。阴雨连绵的天气让人感到十分烦躁而且意兴阑珊。她打电话说她一会要过来,这是她那个星期第三次过来看我。我始终弄不明白她为什么要如此不辞辛苦地来看我,而且叫我去附近的7-11街见她。只见她一个人站在那里,手里握着一把红雨伞。是她的朋友把她带到这里来的。雨还是不停地下,她在雨中瑟瑟发抖。她穿得很单薄,让人觉得她是那样脆弱和无助。我走过去对她说:"你不该再来看我了。"还说了一些"我们不可能在一起"之类的话。

她说:"我想你。"

我冷冷地对她说:"走吧,我送你回家。"

她没有撑开自己的伞,我知道她想和我在一起。

我说:"把你的伞打开,快点走吧。"

她极不情愿地撑开伞。走到我的车前,她说她午饭和晚饭都还没吃,问我能否停下来找个地方吃点东西。

我立即冷冷地回答道:"不行!"

她失望地要我送她去车站,说要回家。

也许是因为下雨的缘故,乘火车的人显得特别多。车上车下挤满了撑着雨伞,提着箱子,想要回家的人,根本没人注意到周围有谁经过这里。我们等了好久,她始终痴痴地望着我,我们曾经在一起相处了很长一段时间,我当然明白她的心情。在这种天气里,她不顾一切地来看我,我却那样对她,我当然了解她的感受。她温柔的眼神使我有一种负罪

感,真想把她留下来。

然而,无情的现实再次使我醒悟,我依旧冷冷地对她说:"我们去其他站台看看吧。"

我们曾经住在同一套公寓的同一层楼。当时我们一共有4人,大家在一起相处得十分融洽。我们一起吃晚餐,看电影,偶尔还会去野营,看上去就像一家人。但我从未想到自己竟会爱上我们之中唯一的一个女孩儿。也许是因为大家在一起生活了两年之久,彼此间已产生了深深的情感。她毕业之后,就回家了,而我则继续我最后一年的大学生活。在那一年,我只能在假期去她家里看看她,但每次相处的时间都是那么短暂。我们就以这样的方式维系着我们之间的感情。

我们沿着公路慢慢地走着,我一直跟在她身后。她的伞上有根伞骨坏了。她看上去就像个受了伤的士兵,挎着一支生锈的步枪有气无力地走着。看得出,她已陷入某种思绪当中,致使她忘记了眼前的一切,步子也开始变得凌乱,有几次险些让车子撞倒。我本想过去扶她一下,但对她的爱和压在我心头的痛,使我没有那么做。我们路过了从前经常去的公园。

她乞求道:"我们去公园坐一会儿吧,我保证很快就回家。"

她乞求的声音,使我冷酷的心渐渐软了下来,但却依然以一副极不耐烦的脸对着她。我们一同步入公园,我坐在长凳上,摆出一副急欲离开的样子。她则走到大橡树下,好像在寻找什么东西。我知道她正在寻找我们半年前在橡树上用钢笔写下的字。如果我没记错的话,我们当时是这样写的:"克里斯和苏珊今天来到这里,克里斯在喝茶,苏珊喝着热巧克力。希望克里斯与苏珊永远不会忘记今天,永远深爱彼此,永不分离。"她找了好一阵子,然后含着泪再次走到我身边。

她说:"克里斯,我找不到了,它不在那里了。"

我心里感到一阵酸楚,有一阵难以抑制的痛涌上心头。这是我以前从未体会到的痛楚。可是,我只能装作一副满不在乎的样子,对她说:"现在可以走了吧?"

我撑开手中那把黑色的大雨伞,而她却依然站在原地,舍不得离开,期待能有另一个机会。她说:"你和那个女孩儿的故事,是你编的吧?我知道,有时候我会让你感到生气,但我会改的,我们能重新开始吗?"

我依然沉默无语,只是摇了摇头。随后,我们就径直朝车站的方向走去,彼此再没说一句话。4年前,我被确诊患了癌症,由于病情发现得早,所以仍有治愈的可能。接受治疗后,我原本以为一切都会过去,于是便重新回到从前的生活中,甚至曾一度将身患癌症的事情忘得一干二净了。因此,我很久没有去看医生。可是,就在一个月前,我的胃连续痛了两个星期,晚上还经常会被噩梦吓醒。一开始,我以为疼一阵不会有什么事,可是疼得越来越厉害,简直令我不堪忍受。不得已,我再次去看医生,并拍了X光片。

X光片显示出一个很大的黑点,虽然我不敢相信,但这就是事实。我正值青春年华,可生命却即将走到尽头。我想到应该尽量减少自己和身边人的痛苦,于是我决定自杀,可我又不能让他们知道我的用意,特别是苏珊——这个我最爱的人,她一定无法承受这样的事实,于是我就编故事骗她。这是件很残忍的事情,使她伤透了心。可是,这也许是抹杀3年感情的最佳方法。我的时间不多了,因为我的头发很快就要脱落了,到时她就会发现事情的真相。在我接近成功的时候,这出戏也将谢幕

了。真希望30分钟就会结束。

下了火车,我打算替她叫辆出租车,我们默默地站在那里等待着,任凭时间无情地从我们的沉默中流逝。

我看见远处的出租车渐渐驶近,忍住眼泪对她说:"照顾好自己,多保重。"

她没有说话,只是微微点了点头,之后便撑开她那把已经变了形的雨伞走向大路。雨中,我们俩成了孤独的生命体,一个是红色的,一个是黑色的,彼此之间的距离竟是那么遥远。我帮她打开门,她上了车,我随即又关上了车门。就这样,一扇车门把我们永远地分开了。我站在出租车的旁边,向那扇黑色的车窗望去。我一生之中的初恋——也是最后一次恋爱,从此便走出了我的生命。

汽车开动,驶入街道,我再也无法抑制住内心的悲伤和痛苦了,我知道这是我们最后一次见面。我拼命地挥手,飞快地追赶着那辆出租车。我想告诉她我依然爱她,我想让她留下来,我想把一切都告诉她,可是出租车已经转弯了。热泪夹杂着冰冷的雨滴,从脸上滚落。我感到一阵寒意,不是因为雨水,而是我的心在发颤。

她走了,直至今日,我再也没有接到她的电话。我知道她看不到我的泪,因为雨水已把我的泪洗掉了,我可以无怨无悔地离开了。

可是,我不是克里斯,我是那个女孩儿苏珊,在他离开一年后,我发现了他的日记,于是,我凭自己仅存的记忆写下了以上这些文字。

不论我们的生活发生了什么,都不要以冷漠的方式去爱,这样做伤害的不仅是对方,也是自己。如果所爱之人没有以我们想要的方式表达爱,我们也不要从此关闭心门,而是要试图弄清原因并给予理解,只有这样,我们的生活才不会留有那么多的伤害和遗憾。

飘逸的思绪

幸运的礼服

　　圣诞节来临之际,我戴上了订婚戒指。我和男友已交往近一年了,我们都觉得应该是携手步入神圣的婚姻殿堂的时候了。

　　1月里,我一直为我们将于6月份在阿拉巴马州举行的婚礼做着各项准备。我和母亲,以及两个姐姐前往距我们的居住地最近的城市汉斯威尔的婚纱店去挑选结婚礼服——这可是婚礼中必不可少的一个环节。

　　我们母女兴高采烈地来到了汉斯威尔,一路上,大家始终有说有笑。可是,到了下午气氛就变得紧张起来——我始终没有发现令我"一见倾心"的礼服。我的两个姐姐甚至开始打退堂鼓了,准备改天再到其他的市镇去买,但由于我的坚持,她们不得不再次陪我走进了一家婚纱店。

　　当我们踏入这家满是清新花香的精致小店时,我有种极好的预感。一位上了年纪的店员向我介绍了几件她认为适合我穿的礼服,价格也都在我的预算之内,但却都不合我的心意。正当我打开店门准备离开之际,老板娘抓住了最后一次机会,向我们喊道,在后面仓库里还有一件价格昂贵的礼服,而且不一定是我需要的号码。不知为何,我听了仍是禁不住想看一眼。当她把那件礼服拿出来时,我高兴地叫出声来。

　　那正是我想要的!

　　我迫不及待地冲进试衣间。尽管它至少要大上两码,价格也比我预想的要高很多,但我还是说服了母亲把它买了下来。这家小店连改衣服

的服务都无法提供,但我的兴奋之情已压倒了一切,我确信回家后一定能将它改好。

然而,一时的兴奋根本帮不了我。星期一早上,当裁缝店的店主对我说,礼服上手缝的珠子和饰片太多,因而无法改动时,我立即惊呆了。我随即打电话给出售礼服的婚纱店寻求建议,却只听到了自动应答的忙音。

一个朋友将我们镇上的一位裁缝的电话交给了我,这个裁缝平日里只在家里做活。失望之余,我只得孤注一掷,做最后的尝试,于是我决定给她打电话。

当我赶到她在城镇郊区居住的那间简陋的小白房后,她仔细地看了看我的礼服,并让我穿在身上。她用别针将礼服的肩膀处和两侧多余的部分别上,随后便告知我,两天后来取衣服——这简直是我祈祷的福音。

虽然我一度抱着极大的希望,可到了该取礼服的时候,我却又变得忐忑不安起来。我不禁想到:"我怎么这样愚蠢!竟然将一件价值1200美元的礼服随便交到一个根本不了解的人手中?如果她不小心弄坏了该怎么办?我甚至连她是否会缝扣子都不清楚。"

谢天谢地,我的担心完全是多余的。礼服看上去和从前一样完美,唯一不同的是,如今这件礼服非常合身,就像是为我量身订做的一样。我谢过了那位面带微笑的女裁缝,并付了钱。然而,直到后来我才知道,我只是解决了一个小问题,更大的问题还在后面。情人节那天,我接到了未婚夫打来的电话。

"桑迪,我想我还没有做好结婚的准备,"他向我宣布道,语气里已没有了往日的温柔,"在结婚之前,我还想到各处走走,享受几年单身生活。"

对于取消婚礼给我造成的麻烦,他向我表达了歉意,随即便在这个城镇里消失了。

我的世界被他无情地摧毁了。我愤怒,更多的是心碎,不知道如何才能撑下去。然而,随着时间的流逝,我还是熬过去了。

就在那年秋季的一天,当我在超市排队结账的时候,突然听见有人在叫我的名字。当我回过头时,一眼便看到了那个女裁缝。她十分有礼貌地向我问起婚礼的事情,得知我的婚礼被取消后,她十分吃惊,但她随即表示,也许他并非是我的白马王子。

我再一次为礼服的事向她致谢,并强调说,礼服已被我妥善地保存起来了,我会等到和我真正的白马王子走上红地毯的那一天再穿上它。听了我的话,她眼睛一亮,开始跟我谈起她的儿子提姆。尽管我已对约会失去了兴趣,但还是勉强接受了与她儿子约会的邀请。

我的夏季婚礼终于成为现实,只不过时间是在一年以后。站在提姆身旁的我,终于穿上了我心仪的礼服。在随后的18年里,我们相濡以沫。如果不是因为这件特殊的礼服,恐怕我们永远不会相遇。

生活时时有意外,但也不乏机缘,也许正因为如此,生活才具有了戏剧性,人生也充满了精彩。因此,不管在什么时候,都不要放弃自己的追求,学着做个有心人,就会找到幸运的机缘。

短暂的30天

丹尼尔:我想我们大概是这世上最后两个孤独的人。

加斯敏:我也这样认为……我所有的朋友都有男友,而我们在生活中却没有任何有特殊关系的人,这世上可能只剩我们两个这样的人了。

丹尼尔:是的!我都不知道应该做什么。

加斯敏:我知道!我们来玩一个游戏吧。

丹尼尔:什么游戏?

加斯敏:我们以30天为期限,我来做你的女友,你做我的男友。

丹尼尔:这真是个好主意!

第1天

他们第一次一起去看了电影,并都被影片的浪漫情节所感动。

第4天

他们去海边野餐……丹尼尔和加斯敏都过得很愉快。

第12天

丹尼尔约加斯敏去看马戏表演,他们还去了恐怖屋……加斯敏很害怕,她想去握丹尼尔的手,但却意外地碰到了别人的手,两人都大笑起来……

第14天

他们去街边一个算命的人那里询问他们的命运如何。算命的人说:"亲爱的,请不要浪费你们的生命……你们要共度快乐的时光。"说完之后,算命的人流下了眼泪。

第20天

加斯敏约丹尼尔一起去山上看流星……加斯敏许了个愿。

第28天

他们一起乘公共汽车,由于路上非常颠簸,加斯敏意外地第一次吻了丹尼尔。

第29天

夜里11点27分

丹尼尔和加斯敏坐在他们最初相遇公园里,那时他们决定玩这个游戏……

丹尼尔:我很累,加斯敏……你想喝东西吗?我去给你买……街边上就有卖饮料的。

加斯敏:苹果汁就行,谢谢。

丹尼尔:等着我……

20分钟之后……一个陌生人走近加斯敏。

陌生人:你是丹尼尔的朋友吗?

加斯敏:是的,怎么了?发生什么事了?

陌生人:一个醉酒的司机开车撞了丹尼尔,他正在医院里被抢救。

夜里11点57分

医生从急诊室里出来,把一杯苹果汁和一封信交给了加斯敏。

医生:这是我们在丹尼尔的口袋中发现的。

加斯敏打开了信,上面写道:

加斯敏,在这些天里,我发现你真的是一个很可爱的女孩儿,我爱上了你……你那令人难忘的笑容,以及我们玩这个游戏的过程中,你的一切一切……在游戏结束前,我希望你能成为我真正的女友。我爱你,加斯敏……

加斯敏把信揉成了一团,她大声喊道:

"丹尼尔!我不想你死……我也爱你……记得我们看流星的那晚吗?我许了个愿……我希望我们能够永远在一起,希望这个游戏永远都不结束。请不要离开我,丹尼尔……我爱你,你不能这样对我……"

这时,时钟敲了12下。

丹尼尔的心脏停止了跳动。

那正是第30天……

有的时候,造物弄人,我们也不得不面对。所以拥有的时候,请一定珍惜在一起的时光,让彼此快乐。所有没表达的爱,没兑现的承诺,没善待的人,没说出口的歉意……抓紧时间,不要让其成为遗憾。

一定要注意不要混淆自负和自信。如果你想让别人相信你,你也要相信别人。理解别人也是必不可少的,并且他们也需要你的支持。如果你既不相信自己也不相信别人,那么你永远也不可能成功。

努力就会成功

- 亮出你的名字
- 相信你自己
- 错过了机会
- 我能做到
- 一个盲人的雄心壮志
- 一支断箭
- 挑战自我
- 没有什么是注定的
- 隐藏的伤疤
- 勇敢者的游戏

亮出你的名字

经过重重笔试、面试,袁溪终于进入了这家世界五百强之一的企业,虽然是以实习生的身份,但她知道,成绩优异的实习生将有被录用为正式职员的机会,而且,在那里的实习经历也是一笔宝贵的财富。和其他50名幸运儿一起,袁溪接受了前期培训。公司请来专家以及公司内的中层领导,组成培训团对他们进行培训。培训课程别开生面,每天都有收获。

一天,公司安排一位部门经理给实习生作演讲。演讲刚开始,经理便问:"在座的有多少人对公司有所了解?"问题一出,却没有一个人响应。其实,能考取实习生资格的人,哪个没对公司的方方面面下过一番工夫呢!可由于怕回答错误而出丑,大家都选择了沉默。

经理苦笑一下,似乎并不意外,他说:"我先暂停一下,给你们讲个故事听。

"我刚到国外读书的时候,学的是经济学,在大学里经常有讲座,每次都是请华尔街或跨国公司的高级管理人员来讲演。当然场面很火暴,我也是尽量每次都去听。参加的次数多了,我发现一个有趣的现象,每次开讲前,我周围的同学总是拿一张硬纸,中间对折一下,让它可以立起来,然后用颜色很鲜艳的笔大大地用粗体写上自己的名字,再放在桌前。于是,讲演者需要听众回答问题时,他就可以直接看名字叫人。

"我有些不解,便问旁边的同学。他笑着告诉我,来这里讲演的人都是一流的人物,当你的回答令他满意或吃惊时,很有可能就预示着他会给你提供很多机会。这是一个很简单的道理。

"事实也是如此。能考取我们那个学院的,可以说都是精英型的人物,如何在众多精英中脱颖而出?那就是亮出你的名字。我的确看到我周围的几个同学,因为出色的见解,最终得以到一流的公司供职。

"当然,这里面也包括我……"

经理的故事讲完之后,袁溪和许多人都高高举起了自己的手。

在当今这个人才辈出、竞争日趋激烈的时代,如果坐等机会,很可能会与机会擦肩而过。人生的第一步,必须学会醒目地亮出自己,勇于展示自己,这在很大程度上决定着你成功与否。

相信你自己

教授站在30名分子生物班的大四学生面前,准备发期末考试试卷。"很荣幸这学期担任你们的讲师,我知道你们已经为这次考试做了充分准备。我也知道你们大部分人下个学期就要进入医学院或者研究生学院。"他对学生说。

"同时我也清楚你们对这篇材料的理解程度,我相信你们都能通过这次考试,所以我准备给不愿意参加考试的学生B分。"

显然这令人十分欣慰,因为有很多学生已经站起来谢过教授后离开了教室。教授又对留下的一少部分学生说:"还有其他人吗?这可是你们最后的一次机会。"接着又有几个学生走出教室。

最后,准备留在教室里考试的只有几个学生。教授把门关上,数了一下参加考试的学生人数,然后开始分发试卷。卷子上印着一句话:恭喜你这次考试已经得了A分,请保持自信。

我从来没有遇见过像他这样考试的教授。这似乎使批改试卷的工作变得轻松起来,但只有治学严谨的教师才会这样去要求学生。因为对自己所学的知识没有把握的学生最多只能得到B分。

学生的现实生活中也是同样的道理。能得到A分的学生是那些做什么事都非常自信的学生,因为从成功和失败中他们都能学到东西。无论是正规的学校教育还是逆境的磨炼,他们都能从中吸取经验和教训,完善自己。

那些学生就是你正在寻找的要雇用或者提拔的人,也是你公司裁员时要保留的人,因为你的公司需要他们的这种自信。

心理学家曾说过,一个人在两岁的时候,会有50%的自信;6岁时,有60%的自信;8岁时,有80%的自信。你难道不想再次拥有童年时的那种自信和乐观吗?没有什么是你不能做到、不能学会或不能实现的。

但现在你不再是一个小孩子,你意识到你已经受到年龄的限制。你要尽量缩小受限制的范围。你要从埃德蒙·希拉里身上得到启示,他是第一个登上珠穆朗玛峰的人,他曾说过:"我们征服不了的不是山峰,而是我们自己。"

自信源于你能正确地认知自己的能力。要知道,当轮到你走向本垒板时,并不是每次你都能打出本垒打的。棒球超级明星米奇·曼特在成名前曾失败过1700多次,但这丝毫没有妨碍他对成功的追求。他相信自己,同时他也知道他的球迷也相信他。

和乐观的人相处——因为他们懂得自信的重要,并且能帮助你集中精力做你力所能及的事。"近朱者赤,近墨者黑。"

永远不要停止学习!只要我能,我都会不停地学习,因为这对培养信心尤其重要。要尽可能多地吸取各种知识。从你的谈吐中就能体现出你的学识。

一定要注意不要混淆自负和自信。如果你想让别人相信你,你也要

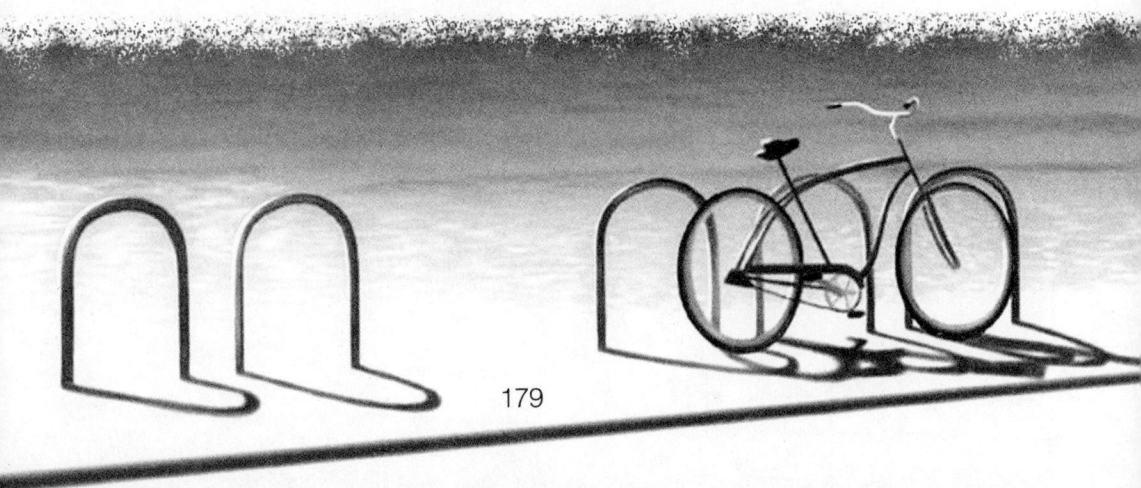

相信别人。理解别人也是必不可少的,并且他们也需要你的支持。如果你既不相信自己也不相信别人,那么你永远也不可能成功。

在一次令人十分沮丧的足球比赛结束后,教练宣布解散时,对球员大喊:"你们这些笨蛋,去洗澡吧!"所有人都朝衣帽间走去,只有一个人站在原地没动。教练怒视着问他,为什么还站着不动。

"你是让所有的笨蛋去,教练。"这个球员回答说,"去那儿的人才是笨蛋,但我不是。"

这个球员很自信吗?当然。因为他一直表现很出色,后来竟成为这支球队的教练。

这个故事告诉我们:相信你自己,即使在别人不相信你时。

过人的智慧和能力是令人充满自信的基础。而自信则是获得成功的必要条件。如果自己都不相信自己,就别寄希望于他人。而成功对于缺乏自信的人来说则是一种奢望。

错过了机会

位于美国西部的俄克拉荷马城,可以说是因丰富的石油资源而繁华的,甚至有人评价说,这座城市就浮于石油之上。但是,曾经有一个本可以率先发现这一切的人,断言"俄克拉荷马城不可能有石油",并决然离去,后来他才得知自己错过了什么。

那正是美国石油勘探热潮方兴未艾的时期,狄恩毕业离开麻省理工学院已经十年了,他在数家石油公司工作过,一直希望自己能发现一个大油田,从此功成名就。他运用自己学习到的知识和这些年来的经验,把旧式探矿杖、电流计、磁力计、示波器、电子管和其他仪器结合在一起,制成用以勘探石油的新式仪器。

这次,他受聘于一个东部的石油公司,连续在气温高达43℃的西部沙漠地区待了好几个月,替该公司勘探石油。但是结果一无所获。而且,狄恩还得知,他所在的公司因为无力偿还债

务,已经破产了。狄恩决定立刻踏上归途,他知道,自己失业了。

返回东部,要途经中南部的俄克拉荷马州的俄克拉荷马城,在不得不等候转车的那段时间里,狄恩随手拿出自己的新式勘探仪器,把仪器架好,想以此打发时间。经过一系列的校准、测量,得出的结论大大出乎狄恩的意料:仪器上的读数表明车站地下蕴藏有石油。

狄恩感觉自己受到了愚弄,被仪器、被公司,甚至是被命运捉弄。愤怒的他一脚踢毁了那些仪器,反复喊道:"这里不可能有那么多石油!这里不可能有那么多石油!"随后,在火车到来时,他头也不回地离开了俄克拉荷马城,也与发现全国最富饶的石油矿藏地的机会擦肩而过。

不久之后,人们就发现俄克拉荷马城地下埋有石油,储量之巨,让人瞠目结舌。

对自己充满信心是重要的成功法则之一。如果纵容消极思想的蔓延,结果只能是走向被动与平庸,错过的不仅仅是俄克拉荷马城。

我能做到

历史上有许多这样的故事：一些专家武断地认为他人的想法、计划和方案永远不可能实现。然而，伟大的成就往往出自于那些勇于说"我能做到"的人。

意大利雕塑家阿戈索蒂诺·安东尼奥曾坚持不懈地在一块巨大的大理石上进行雕刻。但由于创作不出所渴望的杰作，他感到非常伤心，说出了"用这块石头我什么也创作不出来"的话。其他雕塑家也曾在这块难以攻克的大理石上下过工夫，但最后都半途而废。直到米开朗基罗发现了这块石头，并构思出了能用其创作的作品形象。他以"我能做到"的心态创作出了世界上最伟大的雕塑作品之一——大卫。

西班牙的航海专家断定，哥伦布想要找到一条新的、更短的通往西印度航线的计划是根本不可能的。国王费迪南和王后伊莎贝拉并没有理会专家们的报告。"我能做到。"哥伦布坚定地说道。而且他真的做到了。当时几乎所有人都认定地球是平的，但哥伦布并不这样想。于是，哥伦布率领着"尼娜号"、"平塔号"和"圣玛丽亚号"三艘船以及一小队他的追随者，驶向了那片"不可能存在"的、富饶的新大陆。

甚至连伟大的托马斯·阿尔瓦·爱迪生也曾给他的好朋友亨利·福特制造汽车的梦想泼过冷水。爱迪生在试图使福特相信他的想法毫无价值之后，邀请他来为自己工作。然而，福特并没有放弃，仍然在执著地追逐着自己的梦想。尽管他的第一次尝试只造出了一辆没有倒挡的汽车，但福特知道自己一定能够做到。当然，他确实做到了。

"忘掉它吧。"这是专家们给居里夫人的忠告。他们认为,从科学的角度上来说,镭是根本不可能存在的一个概念。然而,玛丽·居里坚持说"我能做到"。

不要忘记奥威勒·莱特和威尔伯·莱特。新闻记者、朋友、军事专家,甚至他们的父亲,都在嘲笑他们关于飞机的想法。"多么无聊而愚蠢的浪费钱的方式!还是把飞翔的任务留给鸟儿吧。"他们取笑道。"很抱歉,"莱特兄弟回答道,"我们有梦想,而且我们能做到。"结果,北卡罗来纳州的一个叫基蒂霍克的小镇见证了他们"荒谬"的想法成为现实。

最后,当你在周围明亮的灯光下阅读这些事迹的时候,不妨想一下本杰明·富兰克林当时的情况。人们劝他停止捕捉闪电的愚蠢试验。"这是多么荒谬多么浪费时间的行为啊!没有什么能比传统的油灯更好了。"谢天谢地,富兰克林知道他一定能够做到。相信自己,你也能做到!

很多时候,阻止我们踏上成功之路的,不是那些看似艰巨的困难,而是缺少自信。自信是我们的宝贵财富,是我们人生旅途中的忠实伴侣,更是我们战胜一切挫折和困难的坚实后盾。

一个盲人的雄心壮志

查理·博斯韦尔永远是我心目中的英雄之一。他使我以及成千上万的人从逆境中振作起来并激发出生活的热情。查理是在二战期间从一辆燃烧着的坦克中营救战友时双目失明的。在发生意外之前,他是一名优秀的运动员,失明后为了证明自己的能力和决心,他决定尝试一种新的运动项目,甚至在他视力完好的时候也从来都没有想到过要去从事的运动——高尔夫球!

通过坚定的决心和对这项运动的深爱,他成为了全国盲人高尔夫球赛的冠军!他曾13次获此殊荣。他心目中的英雄之一是伟大的高尔夫球手本·霍根,因此,能在1958年赢得本·霍根奖,令查理感到非常光荣。

与本·霍根见面的时候,查理充满敬意,他说自己一直有一个心愿,就是能和伟大的本·霍根打一局高尔夫球。

在听说了查理的感人事迹,并且知道他很钦佩自

己后,霍根先生同意与查理一起打一局高尔夫球,并认为这也是他的荣幸。

"你愿意赌点钱吗,霍根先生?"查理突然说道。

"我不能跟你赌钱,那样不公平!"霍根先生说。

"噢,来吧,霍根先生……每个洞1000美元!"

"我不能这么做,人们会怎么想我,这是在利用你的情况占便宜。"霍根说。

"那就赌鸡肉吧,怎么样,霍根先生?"

"好的,"松了一口气的霍根说,"但我会尽全力去打的!"

"再好也没有了。"查理信心十足。

"这赌注是你提出来的,博斯韦尔先生,你来定时间和地点吧!"

查理非常自信地回答道:"十点钟……今晚!"

每个人都会有自己的弱点或缺陷,同时,每个人又都有自己的长处与强项。当弱点或缺陷受到挑战时,不要退缩,不要忘记自己所拥有的,勇敢地去迎接挑战——用自己的强项。

一支断箭

　　从前有一位将军,英勇善战,一生打过无数次战役,从来没有输过。他的儿子很崇拜父亲,一直希望自己也能在战场上战无不胜。

　　终于,儿子得到了上战场的机会,临行前来向父亲告别,说:"父亲,我就要去参加战斗了,您能告诉我取胜的诀窍吗?"

　　父亲沉思片刻,转身取出一个箭囊,其中插着一支箭。父亲庄严地托起箭囊,郑重对儿子说:"这是祖先传下来的护身宝箭,佩带在身边,威力无穷。但千万要记住,一定不能把箭抽出来。"

　　那是一个极其精美的箭囊,全部用厚牛皮打制,镶着幽幽泛光的银边儿;再看露出的箭尾,一眼便能认定是用上等的孔雀羽毛制作而成。儿子接过宝箭,喜上眉梢,为终于发现父亲取胜的诀窍而狂喜不已,耳旁仿佛有嗖嗖的箭声掠过,而敌方的主帅应声落马而亡。

　　果然,佩带宝箭的儿子英勇非凡,所向披靡。当听到收兵的号角吹

响时,儿子再也忍不住得胜的豪情,完全背弃了父亲的叮嘱,强烈的欲望驱使着他拔出宝箭,试图看个究竟。骤然间他惊呆了:一支断箭,箭囊里装着一支折断的箭。

"我一直挎着支断箭打仗呢!"想到此,儿子吓出了一身冷汗,无边的恐惧仿佛那汹涌的洪水,顷刻淹没了他,连无声的冷箭袭来也没有发觉。

结果,儿子应声落马,临死时手里还紧紧握着那截断箭。

听到噩耗,接过被当做儿子的遗物送回的断箭,父亲久久无语,最后,向身边的部下说道:"不相信自己的意志,永远也不能赢得胜利,反而会失去更多。"

单单把胜败寄托在宝箭上,既愚蠢又危险。其实,自己才是那威力无比的护身宝箭,无论什么时候,能拯救你的人还是你自己。

挑战自我

我叫保罗，今年26岁。我出生时便患有大脑性麻痹，这可能是上天给我的一个恩赐。我相信前方还有许多意想不到的惊喜等待着我。因为身体障碍，我必须更加努力地工作去面对日常生活的挑战，例如挑战那些身体健全的人所认为很平常的事情。要迎接这些挑战需要雄心、决心、奉献的精神以及坚强的意志力。你知道吗？我认为我已经做到了。拥有这些品质，我已经成功地战胜了所有挑战：我征服了大脑性麻痹。

事实上，现在的人们看起来并不怎么关心其他人，似乎是失去了对别人的同情之心。正因为如此，那些在生理上有缺陷的人更应该向别人展示自己的能力，这样人们才能够正视我们的渴望，并把我们当做"正常人"看待。我们需要怀着积极的心态把精力放在提高自己的能力上，而不是把心思放在怨天尤人上。我曾遇到过许多在生理上有缺陷的人依然拥有着明朗、欢快的性格，因为他们想获得别人的认可。他们的个性越明显，他们的意见越具有主导力，他们对生活的热爱就越能感染别人。

迎接生理挑战需要有一个好的性格，它通常形成于孩童时期。具备这种特质能够激发别人的热情。要想激发别人，首先考虑以下内容是否适用于你："我只是想和你成为好的朋友，就这样。你可以把我称作领导，但不要把我叫做跟随者。我发现，跟随别人已经不再有任何意义了。我想塑造出一个全新的自己。所以请拉住我的手，我会以我的方式告诉你一切。这是一次漫长的旅行，它可能会花费许多时间，而且我们必须

学会逐步来完成。"

然后让我们这样开始：你有一项生理挑战。多么伟大的一件事情！只要你想挑战自己，残疾只是表面现象！你不会很快拥有好的体型，你会被你的朋友称为"大头钉"，你不能正常地走路，你也不能得到理想的工作。那么，如果你同意了上述观点，说明你存在一个很严重的问题——那就是你对生活的态度，你太消极了！朋友，如果你想在当今这个纷乱的世界里取得成功，有一个积极的态度是十分关键的！你可以在我的脸上发现永恒的微笑。微笑代表了积极的态度。让我看见你的微笑，这也是人生之旅中最重要的第一步。

微笑会让你自己感觉更好一些！但是仅仅微笑似乎还达不到你的期望。让我看看能不能帮助你改变这一切……其实这还是你自己的问题！是你的心还不够宽广！如果你不敢开胸怀，那么你将必败无疑。睁开你的双眼去看不同的文化、不同的人、不同的生活方式、不同的衣服。请相信我，无论你走到哪里，都会发现有价值的东西。不同的人拥有不同的珍品。你发现你的珍品了吗？或许目前还没有！这就是你的开始，没有人能打开你的心……除了你自己。如果你不敢开心扉，我一定会超过你。如果你做到了，我们就会成功。那么让我们一起这样做吧。

那下一步是什么呢？那好，我问你，你有梦想吗？只有实现了梦想，

你才有可能成为一个成功的人。我并不认为你已经为此做好了准备,至少现在你还没有!如果不通过努力或者没有一颗雄心和积极的行动,是无法实现梦想的。我们必须让这些语言转化为行动。准备行动吧。做好流汗的准备。我已经为了我的梦想不知流了多少汗。那并不是生理上的流汗,而更像是精神上的。我一直在坚持我的学业。这对我来说是一个挑战,但我喜欢挑战。所以你人生旅程的下一步就是:接受挑战,去实现你的梦想,而且一定要尽全力达成。

可以把我作为一个例子,我的梦想是能够像其他人一样正常地行走。我的要求并不高,不是吗?实现梦想不仅仅需要努力,还需要时间。当你努力实现远大目标的同时,你还要考虑到将会遇到的挫折。不要在意你所经受的挫折,这很关键。对于我,只要我的梦想还在,我还是要为能够正常行走做许多尝试。尽管有时我会摔伤我的膝盖,这些都不能阻止我对梦想的憧憬。直到今天,我还在为实现这个梦想而努力,尽管有时我会摔在地上,但是我从来没有因此退缩。我会重新站立起来,为梦想继续走下去。

每个人的梦想不同,实现梦想的难易程度也不同,但有一点是相同的——要想实现梦想,首先要战胜自我。战胜自我,意味着不断进步,而每一次进步都会使自己离梦想更近一些。

没有什么是注定的

我最钟爱的一部电影,是《阿拉伯的劳伦斯》。这是一部根据历史上的真人真事拍摄而成、场面宏伟的史诗巨片,讲述了第一次世界大战期间,英军上尉劳伦斯为完成任务,只身独闯沙漠,全力化解阿拉伯各部落间的矛盾,并且率领他们共同抗击奥斯曼土耳其帝国侵略的英勇事迹。影片主人公的原型托马斯·爱德华·劳伦斯名扬天下,被人们称为"阿拉伯的劳伦斯"。温斯顿·丘吉尔赞誉他为"生活在我们这个时代最伟大的人物之一"。该片获得了第35届奥斯卡最佳影片、最佳导演等七项大奖,并被誉为电影史上最伟大的传记影片之一。但我喜爱这部影片的原因,绝非因为它获得如此多的荣誉,而是震撼于主人公身上那种百折不挠、积极坚定的意志。

如果说在这部电影中有哪一个情节是我最喜欢的,我想应该是劳伦斯在返回尼福德沙漠去

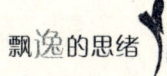

营救阿拉伯人卡西姆之后胜利归来的一场戏。出于战略考虑,劳伦斯向阿拉伯部族提出,穿越尼福德沙漠,从亚喀巴的后方占领土耳其港。但即使对当地阿拉伯人来说,穿越尼福德沙漠也被认为是不可能做到的事。在完成这个惊人壮举的过程中,有人发现一个名叫卡西姆的阿拉伯人跌下了骆驼,毫无疑问,他一定会死在沙漠之中。所有人都告诉劳伦斯,任何营救的想法都是毫无意义的,无论如何,卡西姆的死都已经是"注定"了的。而当劳伦斯完成了这个不可能的任务,带着毫发无损的卡西姆返回的时候,阿拉伯部族首领阿里对他说:"的确,对那些自己书写命运的人来说,没有什么是注定的。"

世界上没有任何事情是命中注定的,每个人的命运其实都掌握在自己手中。听天由命是弱者的表现,只有勇于书写自己命运的人才能成为生活中的强者。

隐藏的伤疤

　　一个出生在基尔布莱德东部拉纳克郡的女孩儿艾米·瑞迪克,在她仅18个月大的时候发生了一次意外,而那次意外却对她造成了一生的伤害。就在她妈妈一转身的工夫,刚刚学会走路的艾米就因好奇心的驱使,伸手去抓厨房里热水壶的壶嘴,结果,滚烫的开水全部倒在了她幼小的身体上。

　　她的妈妈鲁比看到艾米身上可怕的烫伤,急得不知所措。她叫来了救护车后,匆忙地把女儿送到了最近的医院。艾米的身体有20%被烫伤,而且都是三度烫伤。医生立即告诉她,让艾米活下来的最好的机会就是马上去几英里外的格拉斯哥皇家医院——一家治疗烧伤的医院。到那儿后,外科医生从艾米身上取下其他未被烫伤的组织,为她进行了非常复杂的长达6个小时的皮肤移植手术。后来的16年中,在艾米的身上又实施了12次手术。

　　4岁时,艾米进入了麦克斯威尔顿小学读书,同学们都对她冷嘲热讽,或是干脆不和她玩儿。她回忆道:"我是这条街道、班级,甚至是学校里唯一一个皮肤被烫伤的孩子,有些孩子就是因为这个原因不愿与我交朋友。"

　　如今,17岁的艾米还是无法忘记自己是一个因烫伤而带着一身伤疤的人,痛苦已成为她身体上无法去除的一部分。目前,她仍然还有两次皮肤移植手术要做。但如今,她已是一个充满自信,性格外向的青少年,并把自己的激情与希望都给予了其他年幼的烧伤患者。

艾米的母亲鲁比是一名殡仪师,父亲盖比是一名警察,他们给了艾米极大的支持。艾米说道:"父母告诉我,如果人们对我的烫伤有所顾忌的话,那是他们自身的问题,而不是我的。父母还教会我如何应对他人的反应,并不断地提醒我,我是被珍惜和爱护着的人。"艾米积极乐观的思想使她在烧伤协会里很受欢迎,她帮助年幼的患者们重建自信,使他们能够带着永久的伤疤勇敢地生存下去。

"她是苏格兰儿童烧伤协会的一个成员,那是去年成立的一个慈善机构。"这个协会的主席兼爱丁堡皇家医院烧伤部的护士长唐纳德·托德这样诉说着:"艾米为这些小患者们带来了许多的鼓励。她性格乐观而又外向,成为孩子们的好榜样。"

本月,艾米将会与孩子们一同到剑桥郡的格拉夫汉水浴中心去举办慈善会的首次夏令营活动。她说:"我将教会他们如何摆脱别人无情的目光。"艾米喜欢穿时尚的无袖上衣,而且,她还计划着在夏令营里向那些孩子们展示一下,告诉他们同样可以这样穿。她说:"我不会穿特别长的衣服去隐藏自己的伤疤。早在几年前,我就已经不在乎别人会怎么看我了。"

唐纳德·托德相信,在此次的夏令营中,艾米会给孩子们带来巨大的影响。她的成熟远远超过了她的实际年龄。

谁也无法预料生命中会发生什么样的意外,厄运降临的时候,你必须勇敢地面对,并满怀信心地战胜它。只有这样,你才能从生活的磨练中形成坚强不屈、乐于助人的个性,从而使自己的人生获得更高的价值。

勇敢者的游戏

亨利一生之中命运坎坷,几度沉浮。他曾经历过几天之间从普通人变成千万富翁的美妙,也曾尝试过从千万富翁变成乞丐的打击。但他始终知道自己有勇气去面对命运,并能执著地走下去。

在最初涉入股市的时候,亨利曾用自己全部的财产买下了当时一个著名的钢铁公司的股票。然而,毫无经验的他,根本没有想到,原来在这家公司奢华外表下,掩盖着大量应收账款已成死账的真相,而公司背负的债务,最少也要30年才能还清。在这样的背景下,这家钢铁公司很快就宣布破产了,而亨利也倾家荡产,成为了一名乞丐。

然而,亨利并没有因此沮丧,他通过这次失败总结了教训,并在朋友的帮助下,重新进入股市,他决定从哪跌倒就从哪爬起来。机会总是眷顾那些有准备的人,亨利的转机发生在举世闻名的世界大股灾来临的前夕。他意识到当全国的人都在谈论股票,而所有人都改行去做股票投机生意的时候,就离股票崩盘的日子不远了。所以他将自己的股票全部卖出,结果净赚了400万美元。这次果断的决定也奠定了他日后成功的基础。

而真正对亨利一生具有决定性意义的事情,是他开发铀矿的决定。亨利分析战后的世界局势及原子能的巨大威力后,认为铀的开发将是今后几年里非常具有商业价值的重点项目。于是他力排众议,买下了一块他认为蕴藏着丰富铀矿的土地。而此前,这块土地经过许多地质学家勘察过,并没有发现此地蕴藏丰富铀矿的证据。只有一位地质学家坚持认为此地藏有大量的铀,他找过多家公司,却没有人相信他,当他找到亨利时,亨利对他表示了完全的信任,并不顾家人和助手的反对,毅然与之合作,并对所有持反对意见的人说,"这是一场勇敢者的游戏,我愿意把我的全部作为赌注。"事实证明,亨利的坚持是正确的,他从这个项目中获取了投资的几百倍的利润。

而有了这次成功的经验后,亨利又在其他地方开发出了大量的铀矿,使其事业达到了顶峰,他赢得了这场勇敢者的游戏。

成功需要机遇,但更加需要面对机会,进行选择的勇气。如果你有勇气面对一切挑战,你会发现原来勇气是迈向成功的关键一步。

图书在版编目(CIP)数据

飘逸的思绪/于智编译. —哈尔滨:北方文艺出版社,2008.1
(时文阅读)
ISBN 978-7-5317-2270-0
Ⅰ.飘… Ⅱ.于… Ⅲ.故事—作品集—世界—现代
Ⅳ.I14
中国版本图书馆 CIP 数据核字(2007)第 202607 号

飘逸的思绪

编　　译 / 于智
责任编辑 / 宋玉成　高璐
封面设计 / 董文莹
出版发行 / 北方文艺出版社
地　　址 / 哈尔滨市道里区经纬二道街 17 号
网　　址 / http://www.bfwy.com
邮　　编 / 150020
电子信箱 / bfwy@bfwy.com
经　　销 / 全国新华书店
印　　刷 / 黑龙江新华印刷厂
开　　本 / 787×1092　1/16
印　　张 / 52
字　　数 / 720 千字
版　　次 / 2008 年 2 月第 1 版　第 1 次印刷
定　　价 / 107.20 元(四册)
书　　号 / ISBN 978-7-5317-2270-0

(如发现本书有印刷质量问题,印刷厂负责调换)